AF393467

2

Samia
Aufbruch nach Veykhoria

Martina Meister

Inhaltsverzeichnis

Prolog

Bedrohlich standen die Kerle vor Brandon. Der kleine, schmächtige Typ hielt seine Bücher fest umklammert, die Brille rutschte ihm fast von der Nase. Wäre er noch einen Schritt zurückgegangen, wäre er in seinem Schließfach gelandet.
Die vier waren mindestens einen Kopf größer als er und muskelbepackt.
Gerade ging der Anführer des Trupps einen Schritt vor, die Hand zum Schlag erhoben.
Da tauchte hinter Brandon ein weiterer Kerl auf. Er überragte sie alle und im Gegensatz zu ihm wirkten die anderen wie Kleinkinder.

«Alles klar?», fragte er Brandon und legte eine Hand auf dessen Schulter.

Die Muskelprotze wichen zurück.

«Ja, i-ist sch-schon in Ordnung», sagte der Anführer und nickte dem Typ zu.

Er wirkte geradezu unterwürfig.

Die Truppe löste sich auf.

Brandon schob seine Brille hoch und blickte seinen Retter an.

«Danke», sagte er.

Der Retter nickte kurz und ging.

Samia stand vor ihrem Schließfach und beobachtete das Ganze mit rasendem Herzklopfen.

Wenn er sie doch nur einmal an ihrer Schulter berühren würde …

«Na, träumst du mal wieder?», fragte Tante Lori lachend.

Sie hatte gerade das Schulhaus betreten, um Samia abzuholen.

«Ja», seufzte Samia.

«Aber dabei wird es wohl auch bleiben.»

Sie hakte sich bei ihrer Tante unter und sie gingen nach Hause.

«Morgen ist Walpurgisnacht. Da mache ich mich wieder auf den Weg in die magische Welt», sagte Tante Lori beim Abendessen.
«Ich freue mich schon so sehr darauf, wenn ich endlich mitkann», antwortete Samia.
«Bald ist dein 18. Geburtstag. Kurz danach ist Halloween. Dann kannst du auch mit mir durch das Portal schreiten.»
Samia konnte es kaum erwarten.
Am nächsten Tag machte sich Tante Lori auf den Weg.
Sie kam nicht mehr zurück …

Die Reise beginnt

Es war nun fünf Monate her, seit Tante Lori verschwunden war. Samia hatte großes Glück, dass ihre Tante allgemein als exzentrisch galt und von vielen Leuten gemieden wurde. So fiel es den Erwachsenen, Lehrern und auch ihren Mitschülern nicht auf, dass Samia derzeit allein lebte.

Natürlich merkten ihre Freunde, dass sie sich verändert hatte.

Das sonst so lebenslustige, fröhliche Mädchen war in letzter Zeit oft in sich gekehrt, grübelte viel und zog sich immer wieder zurück.

Die anderen konnten nicht wissen, dass Samia sich darauf vorbereitete, selbst nach Veykhoria zu reisen, um nach ihrer Tante zu suchen.

Hach, wie sie Tante Lori vermisste!

Samias Eltern sind gestorben, als sie noch ganz klein war. Sie hatte keine Erinnerung an sie. Ihre Tante hat sie aufgenommen und groß gezogen. Tante Lori war etwas ganz Besonderes für Samia.

Die anderen Leute konnten nicht verstehen, warum eine Frau im Alter von vielleicht 40 Jahren mit langen, schlohweißen Haaren rumlief, anstatt sie zu färben. Genauso, dass Lori immer Blumenkleider anhatte.

Egal, was für ein Wetter draußen war, Tante Lori erschien im Blumenkleid. Und es waren nicht einfach nur Blümchen, nein oftmals waren es sehr auffällige Kleider. Wie zum Beispiel das lange rote Kleid mit den weißen Rosen darauf. Es hatte zwar einen hohen Kragen, wie ein Rollkragenpullover, dafür aber keine Ärmel. Das war Tante Loris Lieblingskleid.

Noch dazu war sie IMMER barfuß!

Oft schüttelten die Leute den Kopf, wenn sie damit auftauchte, um Samia abzuholen, oder wenn die beiden zusammen in einem Supermarkt einkauften.

Die Leute konnten ja auch nicht wissen, was Tante Lori war.

Nämlich eine Hexe.

Die langen weißen Haare kamen daher, dass sie in dieser Welt keine Magie wirken konnte. Lori

erzählte Samia, dass sie in Veykhoria feuerrote Haare hatte.
Würde sie hier ihre Haare färben,
dann würden sie ihr in Veykhoria ausfallen.
«Magie hat immer ihre Wurzeln», sagte Tante Lori geheimnisvoll.
Tante Lori war das, was man
wohl als Kräuter- oder Pflanzenhexe bezeichnen würde. Deshalb
auch die Blumen.
«Jede Hexe hat ihre eigene Art
von Magie. Erst am 18. Geburtstag gibt sich diese zu erkennen.
Da gibt es zum Beispiel die Pflanzenhexen, wie mich, die Pflanzen
wachsen lassen können, besonders gut pflegen, Heiltränke und
Lotion herstellen. Und das einfach so, ohne Rezept, wir wissen,
wie es geht.

Mit den Pflanzen hier geht es nicht so gut, nur die Übergangslotion kann hier gebraut werden.

Dann wären da noch die Wahrheitshexen.

Niemand kann sie anlügen. Und sie können bestens Geheimnisse herausfinden. Zusätzlich gibt es noch die Tierhexen. Sie können mit den Tieren reden. Teilweise funktioniert das sogar hier.

Darüber hinaus gibt es noch die Kampfhexen, die mit einem Fingerschnipsen töten können. Sie wurden während der Werwolfkriege ausgebildet.

Ihnen gegenüber stehen die Schutzhexen, die Abwehrschilde erstellen können. Und es gibt noch so vieles mehr, Samia! Ich bin schon so gespannt, als was du dich erweisen wirst, wenn wir die magische Welt betreten.

Ach, wenn die Schutzhexen doch nur früher gemerkt hätten, dass es bösartige Werwölfe gibt. Dann wäre die magische Welt vielleicht nicht da, wo sie jetzt ist. Weißt du, Samia, in Veykhoria herrscht ein König. Dieser ist ein Hexer und er regierte viele Jahre mit Sorgfalt und Fürsorge.

Den Wölfen war es zu ruhig und zu langweilig, also überschritten sie die Grenze zur Menschenwelt. Sie begannen, sich Blutopfer zu suchen. Sie rissen ihnen die Kehle auf und fraßen Herz und Nieren. Da sie sich verwandeln können und dann wie Menschen aussehen, blieben sie lange Zeit unerkannt.

Erst nach vielen Jahrzehnten bemerkte der König, was geschehen war. Er bildete eine Armee von Kampfhexen aus, die die Wölfe jagte und zur Strecke brachte. Einige konnten in die magische Welt entkommen und fingen an, dort ihr Unwesen zu treiben. Sie töteten des Königs Frau, deshalb sandte er seine Schwestern zu den Menschen, damit sie dort in Sicherheit waren.

Erst, als die Morde aufhörten, vermutlich, weil die letzten aggressiven Wölfe getötet wurden, durften sie seine Welt wieder betreten.

Der König weinte bittere Tränen, als er erfuhr, dass auch eine seiner Schwestern im Kampf das Leben verlor.

Viele Jahre sind seitdem vergangen und er hegt immer noch einen starken Groll gegen die Wölfe, auch wenn die meisten von den Verbliebenen friedlich zu sein scheinen. Eines Tages will er seine Nichte kennenlernen, die in der Welt der Menschen lebt.
Viele Hexen sind damals vor den Wölfen geflohen und leben nun hier. So wie du und ich.
Doch nach deinem 18. Geburtstag, an Halloween, nehme ich dich mit in die magische Welt und dann wirst du aus dem Staunen nicht mehr herauskommen!»
Tante Loris grüne Augen leuchteten, als sie dies erzählte.
Samia seufzte, als sie sich daran erinnerte.

Nun konnte sie ihre Tante nicht begleiten. Doch sie würde sich selbst auf den Weg machen!

Ob es doch noch böse Werwölfe gibt und diese Tante Lori etwas angetan haben?

Samia schüttelte sich. Hoffentlich nicht. Vielleicht gab es ja eine ganz einfache Erklärung.

Schade, dass Tante Lori ihr nichts Genaueres über die magische Welt berichtet hatte. Immer, wenn Samia danach fragte, meinte sie nur: «Bald, mein Kind, bald.»

Samia musste noch ein paar Tage in die Schule gehen, bevor die Herbstferien anfingen.

Die Schule ließ sie mehr oder weniger über sich ergehen. Einzig der Anblick von William zauberte ihr hin und wieder ein Lächeln ins Gesicht.

William der Außenseiter, den dennoch alle respektierten. Er war groß, muskulös, seine schulterlangen, schwarzen Haare wirkten immer zerzaust. Oft fiel ihm eine Locke bis übers Auge.

Apropos Augen!

Er hatte dunkelblaue Augen, wie tiefe Seen, in denen Samia am liebsten versunken wäre. Obwohl William sich von allen zurückzog und immer griesgrämig wirkte, war sich Samia sicher, dass William ein gutes Herz hatte.

Nicht nur, dass er den Nerd Brandon vor einer Band von Schlägern beschützt hatte. Nein, es waren auch andere Kleinigkeiten. Er hielt der alten Frau Huber, die zwar noch unterrich-

tete, aber mit Krückstock lief,
immer die Tür auf.

Er half einer Fünftklässlerin, die
hingefallen war und deren Knie
heftig blutete, wieder auf die
Beine und brachte sie zur Kran-
kenstation. Neulich konnte
Samia ihn in dem Tierheim, in
dem sie ehrenamtlich arbeitete,
dabei beobachten, wie er mit
einem kleinen Hündchen spielte.
Es sah aus, als würde er mit dem
Hund reden und der Hund hörte
ihm aufmerksam zu. Dann legte
er sich auf den Rücken und ließ
sich von William den Bauch
kraulen. Ja, Samia fand William
wirklich toll!

Bisher hat sie allerdings noch nie
ein Wort mit ihm gewechselt.

Ihre Freundin Lucy kam auf sie
zu.

«Samia! Bist du sicher, dass du nicht zum Schulball kommen willst? Du warst immerhin Schulsprecherin letztes Jahr! Du musst wieder zu uns zur Schülerzeitung kommen! Deine tollen Berichte fehlen uns! Du könntest doch über den Ball berichten! Und wer weiß, vielleicht wirst du sogar Ballkönigin!»
Lucy lachte Samia fröhlich an.
«Nein, danke, Lucy, lieb, dass du fragst. Ich werde mit Tante Lori in den Urlaub fahren in den Herbstferien. Und ich habe euch doch schon vor Monaten gesagt, dass ich keine Lust mehr auf die Schülerzeitung habe.»
Lucys Lächeln verschwand.
«Das ist echt schade. Wir vermissen deine Berichte über die Tiere aus dem Tierheim. Du hast

dich immer so toll um sie geküm-
mert. Ich soll dich übrigens auch
von Karla grüßen, die Tiere ver-
missen dich. Du weißt, dass du
jederzeit mit uns reden kannst?»
Samia nickte.
Lucy drückte sie kurz.
«Vielleicht bist du ja bald soweit.
Wir vermissen die alte Samia.
Wirst du denn wenigstens deinen
Geburtstag feiern nächste
Woche? Wir haben schon so
lange keine Party mehr mit dir
gefeiert!»
Samia schüttelte den Kopf.
«Mir ist nicht danach.»
Sandra kam gerade an ihnen
vorbei.
«Hey Lucy, was willst du denn
von Depri-Samia? Lass die mal in
ihrer Depriphase und komm her,
ich MUSS dir was erzählen.»

Lucy schaute Samia noch einmal an und ging dann mit Sandra davon.

Insgeheim gab Samia den beiden ja Recht. Aber sie konnte ihnen nicht erzählen, was mit Tante Lori passiert war. Und ins Tierheim ging sie ja noch zweimal die Woche. Sie konnte die Tiere nicht im Stich lassen, sie liebte Tiere!

Doch sie ging zu anderen Zeiten hin als ihre Freundinnen, damit diese sie nicht mit Fragen bombardierten. Anfangs hatte sie erzählt, sie hätte in den Sommerferien jemanden kennengelernt und würde ihn jetzt sehr vermissen. Das konnten ihre Freundinnen zunächst auch verstehen.

Nachdem es monatelang nicht besser wurde, ließen sie nach

und nach von ihr ab. Nur Lucy und Karla fragten sie immer wieder, wie es ihr ginge, und wollten was mit ihr unternehmen. Vielleicht könnte sie ja bald alles aufklären!

Auch diese Woche verging und endlich war es soweit.

Ihr 18. Geburtstag war zum Glück an einem Freitag. Sie ließ in der Schule ein paar Glückwünsche über sich ergehen und machte sich auf den Weg ins Tierheim.

Dort ging sie direkt zu Ranjo, einem Wolfshund, den sie sehr ins Herz geschlossen hatte. Sie ging mit ihm in den Park und spielte mit ihm. Ranjo spürte immer, wenn etwas mit Samia war. Ohne ihn hätte sie die letzten Monate vielleicht nicht überstanden. Er tröstete sie, brachte sie zum Lachen, indem er den Kopf so lange schräg legte und die Lefzen hochzog, dass es wie ein Grinsen aussah, bis Samia endlich lächelte.

Ranjo war großartig.

Sobald sie konnte, würde sie ihn aus dem Tierheim holen. Er kam ein paar Tage, nachdem Tante Lori verschwunden war, ins Tierheim und Samia fühlte sich ihm sofort verbunden. Wäre Tante Lori da gewesen, hätte sie diese sofort gebeten, den Hund zu sich nehmen zu dürfen. Nun verbrachte sie ihre Freizeit mit ihm, so gut sie konnte.

Mehr als zwei Tage die Woche durften sie nicht mit demselben Tier verbringen, weshalb sie diese zwei Tage voll ausnutzte. Als sie sich von ihm verabschiedete, wurde ihr ganz schwer ums Herz.

Schließlich war am nächsten Tag Halloween und sie konnte sich endlich auf den Weg machen!

Sie würde ihn vermissen.

Sie kontrollierte nochmal alles, was sie für die Reise brauchte. Das schwarze Kleid mit den Margeriten, das sie sich aus Tante Loris Schrank lieh. Die Übergangslotion, die Tante Lori aus Rosen, Zitronen, Nelken und einer geheimen Zutat angerührt hatte und noch in mehreren Fläschchen bereitstehen hatte.

Einen Rucksack mit einer Flasche Wasser und etwas Obst.

Als sie am nächsten Morgen aufstand, war sie wahnsinnig aufgeregt. Sie hatte kaum ein Auge zugetan.

Würde sie jetzt endlich Tante Lori wiedersehen?

Sie hatte Tante Lori nun ein paar Mal beobachtet und achtete darauf, dieselbe Prozedur durchzuführen wie diese.

Zunächst einmal musste sie die Übergangslotion auf ihrem Körper auftragen und das Ganze noch vor dem Spiegel.

Sie wusste nicht genau, warum, aber da Tante Lori es immer so gemacht hatte, machte sie es nun auch so. Sie betrachtete ihr Spiegelbild während des Auftragens.

Sie fand sich eigentlich ganz hübsch. Ihr rotblondes Haar fiel in Wellen über ihre Schultern. Ob es in Veykhoria auch rotblond war?

Ihr Körper war das, was sie als normal bezeichnen würde. Nun gut, sie hatte vor Kummer in den letzten Monaten ein paar Kilo abgenommen, aber trotzdem hatte sie noch Kurven an den richtigen Stellen, war mit ihren 1,70m nicht gerade klein.

Ihre grünen Augen blickten traurig. Sie hatte die gleiche Augenfarbe wie ihre Tante. Nur, dass deren Augen immer fröhlich dreingeschaut hatten.

Samias volle Lippen luden zum Küssen ein. Nicht, dass sie schonmal jemanden geküsst hätte. Da war William, doch den hat sie sich bisher ja nicht mal getraut, anzusprechen.

So, die Lotion war jetzt aufgetragen. Jetzt noch das Kleid überwerfen und rein in die Sandalen. Barfuß laufen wie Tante Lori wollte sie nicht. Sie hoffte, dass dies nichts ausmachen würde.

Sie zog ihren Rucksack über und machte sich auf den Weg.

Zum Glück war es noch sommerlich warm draußen.

Sie stieg aus dem Bus und machte sich an den Aufstieg. Sie wusste von Tante Lori, dass sich der Durchgang nach Veykhoria noch vor der Veste Otzberg befand.

«Nur magische Wesen können den Durchgang sehen. Es wird für viele so aussehen, als mache man einfach nur eine Wanderung. Keiner merkt, wenn jemand das Portal betritt.»

Samia blickte den Berg hinauf, atmete noch einmal tief durch und ging los.

Schon nach wenigen Schritten spürte sie die Spannung in der Luft.

Ob diese von dem Portal ausging, das ganz in der Nähe sein musste?

Vielleicht bildete sie sich die Spannung ja auch nur ein.

Da!

War das ein Flimmern da vorne?

Sie lief schneller.

Tatsächlich.

Ein Flimmern in allen Farben des Regenbogens. Es war etwas größer als eine Tür und doch konnte man durchsehen wie durch ein Fenster. Auf der anderen Seite sah man ebenfalls den Otzberg. Der Weg ging ganz normal weiter.

Sie blickte sich um. Niemand war in ihrer Nähe.

Als sie direkt vor dem Portal stand, hatte sie das Gefühl, als würden sich sämtliche Haare ihres Körpers aufrichten.

Das war mehr als nur eine Gänsehaut!

Mit der Handfläche der rechten Hand berührte sie das Portal.

Sofort spürte sie den Sog, der sie auf die andere Seite ziehen wollte. Jetzt gab es kein Zurück mehr.

Sie machte einen Schritt nach vorn.

Plötzlich war alles anders.

Der Himmel, an dem eben noch der Sonnenuntergang zu sehen war, war jetzt grün und leuchtete hell. Sie konnte keine Sonne sehen. Es wirkte wie die Nordlichter, von denen sie schon Bilder im Fernsehen gesehen hatte.

Vor ihr befand sich ein großes Feld mit lilafarbenem Gras.

Ein großer Schatten kam auf sie zugerannt.

Samia kniff die Augen zusammen.

Aber das war doch Ranjo!

«Samia, Sa, Sa, Samia.»

Er schwänzelte um sie herum.

Samia kniete sich nieder und genoss die stürmische Begrüßung des Hundes.

«Samia, toll, toll du hier.»

Jetzt erst bemerkte sie, dass es der Hund war, der mit ihr sprach.

Aber wie war das möglich?

«Ranjo, was machst du da! Komm weg vom Portal!»

Diese Stimme, die kannte sie doch?

«William?»

Samia blickte auf.

Und begann zu schreien.

Vor ihr stand ein Wolfsmensch!

Samia wollte losrennen, da fragte er traurig: «Was ist los Samia, erkennst du mich denn nicht?»

Sie nahm all ihren Mut zusammen und blickte ihn an.

Das war tatsächlich William, der da vor ihr stand!

Seine Haare schienen an den Schultern festgewachsen zu sein, seine Ohren waren spitz und er hatte Reißzähne.

Und doch waren es dieselben gütig dreinblickenden dunkelblauen Augen, die sie traurig ansahen.

«Oh William», Samia schossen Tränen in die Augen, «das ist also dein Geheimnis.»

«Und die von allen geliebte Samia ist eine Hexe. Darauf hätte ich ja schon längst kommen können. Allein, wenn man deine verrückte Tante ansieht.»
Samia sank vollkommen durcheinander zu Boden und ließ zu, dass Ranjo ihr die Hände abschleckte.
«Und was jetzt?», fragte sie. «Wirst du mich jetzt töten?»
«Dich töten? Wie kommst du denn darauf?»
«Immerhin bist du ein Werwolf. Ihr seid blutrünstige Bestien und habt meine Eltern getötet.»
Noch während sie das aussprach, merkte Samia, wie merkwürdig sich das anhörte.
«Soso, WIR haben deine Eltern getötet? Ihr Hexen wart es doch, die Jagd auf UNS gemacht

haben! Meine Eltern sind immerhin ebenfalls tot!»

Samia zuckte zusammen.

«Aber Tante Lori meinte, dass die Wölfe durchgedreht sind, und seitdem ist nichts mehr so, wie es war.»

«Das hat sie dir also erzählt? Nicht die Wölfe sind durchgedreht, sondern euer verrückter König! Komm mit mir, ich erzähle dir die wahre Geschichte. Wir waren sowieso schon viel zu lange in der Nähe des Portals. Komm Ranjo!»

Samia fühlte, dass William es ehrlich mit ihr meinte und folgte ihm, gemeinsam mit Ranjo.

William schien Ranjo auch zu verstehen, also war das wohl nicht so ungewöhnlich in Veykhoria.

Sie liefen über die sanft gewellte lila Wiese, während eine Vielzahl weißer und gelber Schmetterlinge um sie herumtanzte. Die zarten Flügel der Schmetterlinge fingen das Sonnenlicht ein und ließen es wie funkelnde Juwelen in der Luft schweben. Doch ihr Weg führte sie weiter, hinein in einen geheimnisvollen Wald.

Der Wald enthüllte sich vor ihnen in voller Pracht. Die Bäume ragten majestätisch empor, ihre Stämme schimmerten in reinem Weiß und ihre Kronen erstrahlten in einem wundersamen Blau.

Die Baumkronen wirkten, als wären sie die leuchtenden Sterne des Waldes, die den Himmel in ihrer eigenen Farbenpracht spiegelten.

Je weiter sie sich in das Herz des Waldes begaben, desto tiefer drangen sie in das Dickicht ein. Die Sonnenstrahlen kämpften sich mühsam ihren Weg durch das dichte Blattwerk, und das Licht wurde langsam gedämpft. Die Dunkelheit umgab sie, und der Wald schien sie mit seiner geheimnisvollen Aura zu umschließen.

Die Kälte der Schatten kroch allmählich in ihre Knochen, als die Temperaturen stetig sanken.

Sie wollte gerade ihre Jacke aus dem Rucksack holen, da sagte William: «Wir sind gleich da.»

Auf einmal wurde es wieder hell.

Sie erreichten sie eine weitläufige Lichtung, die von einer Aura des Geheimnisvollen umgeben war.

Dort thronte eine Blockhütte in ihrer ganzen Pracht, die in reinem Weiß mit den Baumstämmen harmonierte.

Vor der Hütte entdeckten sie eine zauberhafte graue Steinbank, die scheinbar mit der Wand der Hütte verschmolzen war. Sie wirkte, als wäre sie von den Händen der Natur selbst geschaffen worden. Um die Hütte herum wuchsen Sträucher in leuchtendem Orange, an denen rote Beeren wie kleine Juwelen hingen.

Der Anblick war schlichtweg atemberaubend, ein wahres Fest für die Augen.

«Lass uns reingehen und ein Feuer entfachen, bevor die Stunde des Zwielichts anbricht», schlug William vor und öffnete die Tür der Hütte.

Samia folgte ihm gespannt in das Innere der Hütte und wurde sofort von einem noch zauberhafteren Anblick überrascht. Sie hatte eine klassische Blockhütte erwartet, doch hier war etwas ganz Besonderes erschaffen worden.

Alle Möbel in der Hütte schienen organisch mit der Natur verschmolzen zu sein, als wären sie daraus erwachsen. Ein Bett aus gelbem Moos lud zum Verweilen ein, während Stühle wie kleine Bäume geformt waren, deren Äste breit genug waren, um sich bequem niederzulassen.

Der Tisch faszinierte mit einem mächtigen Stein, der seit Jahrhunderten hier ruhen mochte

und eine Aura von Geschichten
vergangener Zeiten versprühte.
Vor einer Bank aus großen, roten
Blättern befand sich eine Feuer-
stelle, die aus kunstvoll angeord-
neten Steinen entstanden war.
Ranjo rannte an ihr vorbei,
drehte sich dreimal im Kreis und
legte sich dann auf ein Kissen
aus bunten Blüten.
«Meins», bellte er und legte den
Kopf auf seine Vorderpfoten.
William ging zur Feuerstelle und
legte einen Stein darauf, der kurz
danach rot zu glühen begann. Es
wurde sofort gemütlich warm.
«Setz dich, ich erzähle dir, was
wirklich geschehen ist», sagte
William und setzte sich selbst auf
einen der Baumstühle.
Samia nahm Platz und fühlte
sofort, wie sich die Lehne ihrem

Rücken anpasste, sodass sie es sehr gemütlich hatte.

«Das erste Mal in Veykhoria kann sehr eindrucksvoll sein», sagte William lächelnd, als er Samias staunenden Gesichtsausdruck bemerkte.

Er atmete einmal tief durch und begann zu erzählen:

«Vor vielen Jahren saß ein Wolf auf dem Thron des Herrschers. Sein Volk liebte ihn sehr, denn er war weise und gerecht. Wann immer jemand Hilfe brauchte, bekam er seine Unterstützung, und wenn zwei sich stritten, so schlichtete er den Streit.

So manches Mal gab er dem Benachteiligten einfach das, was der benötigte, und alle waren zufrieden. Der König hatte einen Berater, der ein Hexer war. Die beiden waren beste Freunde, sind miteinander aufgewachsen. Der Hexer lernte eine Frau kennen, die ebenfalls der Zauberkunst mächtig war, und brachte sie an den Hof des Königs. Als diese den König erblickte, verlor sie ihr Herz an ihn und verliebte sich. Der König erwiderte diese Liebe.

Er wollte seinen Freund nicht vor den Kopf stoßen und sprach mit ihm. Er teilte ihm mit, wie er für die Frau empfand, die sein Freund ihm vorgestellt hatte, und dass er seinem Herzen folgen wolle. Er verstand, dass er seinen Freund damit verletzte, und bot ihm an, dass er die Frau nicht ehelichen würde, wenn dieser nicht einverstanden sein sollte.

Dann würde er sie schweren Herzens wegschicken und sie sollte woanders glücklich werden.

Doch sein Freund ermutigte ihn noch. ‚Nun, ich stehe auf sie, doch ich liebe sie nicht. Ich wünsche euch beiden alles Glück der Welt', soll er gesagt haben.

Aber es war nicht das, was er dachte. Er wollte die Frau haben, auch wenn er sie nicht liebte. Sollte das nicht möglich sein, so sollte keiner sie bekommen! Also wirkte er noch in der Hochzeitsnacht einen Zauber auf seinen Freund, damit dieser bösartige Gelüste bekam.

Es verging eine lange Zeit, ehe der Wolfskönig diese Gelüste wahrnahm. Kurz nach der

Geburt seines Sohnes fiel er in einen Rausch.

In diesem Rauschzustand konnte er kaum unterscheiden, wer Freund und wer Feind war und schlug und biss wild um sich. Da kam seine sanfte, liebe Frau und versuchte, ihn zu beruhigen.

Beinahe gelang ihr das auch, doch hinter ihm rief eine Stimme: ‚Nimm dich in acht, sie hat ein Messer! Die Hexe hat sich verwandelt, das ist nicht die Königin!'

Er vertraute der Stimme seines besten Freundes und biss zu. Kurze Zeit später war er wieder bei klarem Verstand und seine Frau tot.

Doch sein bester Freund holte die Wachen des Schlosses und rief: ‚Er hat sie getötet! Einfach so!

Und dabei hat er noch gelacht! Der König ist wahnsinnig! Alle Wölfe werden früher oder später verrückt!'

Die Wachen glaubten ihm, als sie den König sahen, über und über mit dem Blut seiner geliebten Frau bedeckt. Der König weinte, doch er kämpfte nicht, als sie ihm den Kopf abschlugen.

Es dauerte nicht lange, da wurde der Hexer zum König ernannt und das Volk glaubte alles, was er ihnen erzählte. Von da an wurde Jagd auf die Wölfe gemacht. Der Hexer hatte zwei Schwestern, eine von ihnen war mit einem Wolf liiert.

Er ließ auch ihn töten und seine Schwester, selbst erst Mutter geworden, verfiel in tiefe Depressionen und nahm sich kurze Zeit später das Leben. Die andere Schwester nahm das Kind und ging mit ihm in die Menschenwelt, wollte sie doch immer selbst ein Kind und konnte keines bekommen. Was aus dem Mädchen geworden ist, weiß niemand bis heute.

Der Sohn des Königs wurde von seinem Großvater gerettet und in Sicherheit gebracht.»

Mit Tränen in den Augen blickte Samia zu William. Erneut konnte sie fühlen, dass er ihr die Wahrheit sagte.

«Das ist ja fürchterlich! Warum hat Tante Lori mir das verschwiegen? Und weswegen ist sie all die Jahre hierher zurückgekommen?»

«Das weiß ich nicht. Doch ich habe so eine Vermutung.»

«William, ich muss das erst einmal verarbeiten. Ich», sie stockte, «ich brauche frische Luft.»

Sie stand auf und ging nach draußen.

Ranjo wollte ihr nachrennen, wurde jedoch von William aufgehalten.

«Lass ihr einen Moment», meinte William, «ich denke, sie kommt gleich darauf.»

Ranjo legte sich wieder hin.

Samia setzte sich auf draußen auf die Bank und schaute nachdenklich in den grünen Himmel. Ihr ganzer Körper war von einer Gänsehaut überzogen. Sie fühlte sich unwohl, so, als ob Gefahr drohen würde.

Der Himmel verdunkelte sich und wurde schwarz.

«Samia, schnell, komm rein! Das Zwielicht hat begonnen. Die Drachen machen sich auf den Weg!»

«Drachen?»

Verwirrt ging Samia zurück in die Hütte.

«Der König beherrscht die schwarzen Drachen. Durch sie versucht er, die Magie ausfindig zu machen. Drachen können Hexen wittern. Es gibt eine Prophezeiung, die besagt, dass eine Hexe ihn einmal besiegen wird. Deshalb sucht er im ganzen Land nach ihnen. Die Tage vor und nach der Portalöffnung sind am gefährlichsten.»

Samia wurde ganz blass.

«Mach dir keine Sorgen, hier drin wirkt die Drachenmagie nicht. Dafür müssten sie schon reinkommen. Doch die Hütte besteht schon viele hundert Jahre und die Natur beschützt uns. Hier hat mein Großvater mich auch lange Zeit versteckt.»

«Dein Großvater?»

Samias Augen wurden groß.

«Jetzt verstehe ich!», rief sie aus. «Du bist der Sohn des Wolfkönigs!»

William nickte.

«Ja, das bin ich. Und wer bist du?»

Samia runzelte die Augenbrauen.

«Na ich bin Samia, das weißt du … oh nein. Nein, das kann nicht sein.»

In Samias Kopf dreht sich alles. William der Königssohn und sie?

«Ich bin die Nichte des Königs», flüsterte sie, «und Tante Lori wollte wissen, ob es jetzt sicher für mich ist. Oh nein! Meinst du, ihr ist etwas passiert?»

«Wir werden es herausfinden», sagte William.

Tröstend nahm er sie in den Arm. Sie lehnte sich an ihn. Sie fühlte sich so geborgen bei ihm, dass sie trotz all der Aufregung kurze Zeit später einschlief.

Als sie am nächsten Morgen erwachte, lag sie immer noch in Williams Armen. Er schlief ebenfalls.

Sie betrachtete ihn.

Auch wenn er spitze Ohren, Reißzähne und ein Fell hatte, sah er äußerst friedlich aus.

William öffnete die Augen.

Und lächelte sie an.

Samia war wie gefangen von seinem Blick. Sie konnte nicht damit aufhören, in seinen dunkelblauen Augen zu versinken.

Plötzlich jaulte Ranjo im Schlaf laut auf.

«Auuu sie kommen, Gefahr.»

William und Samia sprangen auf.

Da öffnete sich die Tür.

Ein alter Mann betrat die Hütte.

«William, sie durchkämmen den Wald! Du bist hier nicht mehr sicher! Wir müssen hier weg.
Was. Wer. Eine Hexe? William, was macht eine Hexe hier?»
Samia zuckte zusammen und William stellte sich vor sie.
«Großvater, beruhige dich. Sie ist … das ist Samia.»
«Samia? Die aus deiner Schule? Von der du mir erzählt hast? Wusstest du nicht, dass sie eine Hexe ist? Warst wohl geblendet von deiner Schwärmerei, hm?
Na, wenn das mal keinen Ärger bringt. Vertraust du ihr? Ganz sicher?»
William nickte.
«Nun gut, das muss mir vorerst reichen. Die Drachen sind in den Wäldern und roden die Bäume nieder. Es gab eine magische

Welle bei der Portalöffnung, mächtiger als jemals zuvor! Jetzt suchen sie hier alles ab. Wir müssen weg!»

Samia folgte den beiden aus der Hütte.

«Wir müssen uns verwandeln. Kannst du reiten, Samia?»

Verwandeln? Reiten?

«J-ja, ich hab als Kind …»

«Gut, dann steig auf!»

Der Alte schüttelte sich und krümmte sich, dasselbe passierte mit William.

Auf einmal standen ein großer grauer und ein großer schwarzer Wolf vor ihr. Die beiden waren nicht nur groß, sie waren riesig! Samia blickte dem schwarzen Wolf direkt in die Augen. Sie waren dunkelblau.

Samia schüttelte fassungslos den Kopf, als der Wolf vor ihr in die Knie ging.

«Reiten. Ich verstehe», seufzte sie und setzte sich auf seinen Rücken.

Dann liefen die Wölfe auch schon los.

Ranjo rannte neben ihnen her.

Zuflucht

Schnell wie der Wind rasten sie durch den dunklen Wald. Samia konnte nichts sehen und klammerte sich fest an Williams Hals. Sie nahm einen leichten Brandgeruch wahr und hörte ein Schluchzen, als würde jemand weinen.
Waren das etwa die Bäume?
Samia schossen Tränen in die Augen. Auch Bäume waren Lebewesen, vor allem in Veykhoria. Wie konnte man so grausam sein und einfach alles zerstören?
Sie rannten noch eine ganze Weile, bis es endlich heller wurde.

Der Wald ging in ein großes Feld über, auf dem lilafarbene Blumen wuchsen. Das Gras war blau.

Samia konnte die Farbenpracht nicht so ganz genießen, denn sie blickte zurück und konnte in weiter Ferne eine Rauchsäule erkennen.

Ob die Drachen und ihre Reiter die Hütte entdeckt hatten?

Samia schaute wieder nach vorn.

In weiter Ferne konnte sie ein riesiges Gebirge erahnen.

Es schien, als liefen sie genau darauf zu.

Die Wölfe rasten über Wiesen und Felder, bis sie das Gebirge erreichten. Samia fragte sich noch, was sie hier wollten, als Williams Großvater hinter einem riesigen orangenen Gebüsch ver-schwand.

William blieb stehen und wartete, bis sie abgestiegen war. Der Großvater trat hinter dem Gebüsch hervor. In der Hand hatte er eine Hose und ein Shirt für William. Dieser wandelte sich ebenfalls zurück und zog die Kleidung an.

«Weiter, weiter, noch sind wir nicht sicher», flüsterte der alte Mann und sie folgten ihm ins Gebüsch.

Nachdem sie sich eine Weile durch das orangefarbene Gestrüpp gekämpft hatten, kamen sie an einen großen Höhleneingang.

«Hier ist das Versteck des letzten Widerstandes», flüsterte der alte Mann. «Wenn du nicht die bist, von der du es behauptest, zu sein, werden alle sterben.»

Er führte sie einen langen Gang entlang. Es war ein leises Rauschen zu hören, das immer lauter wurde. Vor ihnen tauchte ein See auf. Das Wasser des Sees war hellgrün.

«Wir müssen nur kurz tauchen, dann sind wir da.»

Der alte Mann sprang ins Wasser und die beiden ihm hinterher. Sie tauchten auf ein helles Licht zu, das auf eine Höhle unter Wasser deutete. Kaum hatten sie die Öffnung durchquert, tauchen sie auch wieder auf.

Vor ihnen lag ein wunderschönes Tal, mit blauen Wiesen und weißen Bäumen. Die Blumen waren rot und rosa und Samia war wie gefangen von dieser Schönheit.

«Losungswort!», rief da eine Stimme hinter einem Felsen.

«Freiheit für die Kinder!», rief Granpa zurück.

«Ihr dürft passieren.»

Sie schwammen ans Ufer und gingen an Land. Erstaunlicherweise war ihre Kleidung sofort wieder getrocknet, Samia schob das auf die Magie, die eindeutig in dieser Welt herrschte.

Unten im Tal höre man ein paar Kinder lachen.

Samia und William gingen Hand in Hand hinter Granpa her, der auf direktem Wege in ein großes Dorf ging. Auf dem Dorfplatz spielten Kinder Fangen, und am Brunnen saßen Frauen, die Wäsche wuschen. Alle hatten spitze Ohren und Fell, so wie Granpa und William.

Die Kinder rannten zu ihnen und blickten Samia erstaunt an.

«Was ist denn mit deinen Ohren los? Die sind ja ganz rund!», lachte eines der Kinder.

Samia grinste.

Eine der Frauen erbleichte und rannte in ein Haus. Ein großer, kräftiger Mann kam kurz darauf nach draußen.

«Wen hast du mitgebracht, alter Mann?»

«Ach, Ibion, erkennst du meinen Enkel William etwa nicht mehr? Ist wohl schon zu lange her, dass du dieses sichere Tal verlassen hast!»

Ibion knurrte.

«Du weißt, dass ich dir einiges durchgehen lasse, weil Keron auch mein Freund war. Bevor Ipnor sich erst bei ihm einschleimte, nur um dann hinterrücks seinen Tod zu verursachen! Doch dir sollte klar sein, dass ich nicht von William spreche, sondern von seiner Begleitung!»

Die Kinder waren inzwischen von den Frauen weggebracht worden. Samia fühlte die Spannung, die hier entstand und versuchte, zu vermitteln.

«Bitte, Herr, er kann nichts dafür. William und ich … also sein Großvater hat uns beide vor den Schergen des Königs retten wollen.»

«Und lotst sie direkt hierher, indem er irgendeine Hexe anschleppt? Es gibt nur eine Hexe, die laut Pixon die Wölfe und die magische Welt retten kann! Also sag mir, was willst du hier?»

Pixon? Wer war denn das nun wieder?

William knurrte: «Sie ist mit mir hier, sollte das nicht genügen?»

«Hör zu, Königssohn, noch hast du deinen Thron nicht zurück! Also wage es ja nicht, mir Befehle erteilen zu wollen!»

Da trat ein sehr alter Mann aus einer der Hütten. Seine Augen waren gelb und glasig und er konnte sich kaum noch auf den Beinen halten.

«Es ist so weit», knurrte er leise. «Was ich gesehen habe, trifft ein. Sie», er deutete mit seinem Finger auf Samia, «wird uns wieder ins Licht führen!»

Er sah aus, als würde er gleich umfallen. Samia ging zu ihm und stützte ihn.

«Wovon sprichst du? Ich bin Samia. Es scheint, als sei ich die Nichte des verdorbenen Königs hier und glaube mir, ich heiße nicht gut, was er getan hat und immer noch tut. Doch was soll ich denn ausrichten? Ich bin doch nur ein harmloses Mädchen?»

Der alte Mann lächelte.

«Und doch wirst du die Prophezeiung erfüllen. Mehr kann ich dir nicht sagen. Ich bin müde. Ich möchte schlafen.»

Eine Frau kam näher und führte ihn zurück ins Haus.

Ibion jedoch lachte laut auf.

«Du denkst, du bist harmlos?», fragte er, «gut, dann bist du jetzt des Todes!»

Samia erschrak, als sie sah, dass er auf sie zusprang.

Sie wusste nicht, was sie tat, doch sie bewegte ihren Arm, trat einen Schritt zur Seite und er lag winselnd am Boden. Trotzdem entwich ihm ein Lachen.
«Harmlos», keuchte er.
Mühselig raffte er sich auf und winkte sie zu sich in sein Haus.
Verwirrt ergriff Samia Williams Hand und gemeinsam mit Granpa folgten sie Ibion.
Was war das denn eben?
Das Haus war ziemlich groß und sie nahmen Platz in einem Zimmer, das man auf der Menschenwelt wohl als Küche bezeichnet hätte. Grüne Stühle und Bänke standen da neben einem roten Tisch. Es war eine Feuerstelle zu sehen und eine große Schüssel, die mit Wasser gefüllt war. Ibion gab ihnen Brot

und Fleisch zu essen, und ein Getränk, das so ähnlich schmeckte wie Apfelsaft, doch es war blau.

«Du kennst also die Prophezeiung nicht. Kaum war der König tot, hat unser Seher offen mitgeteilt, dass ein Hexenmädchen kommen und gemeinsam mit den Wölfen den Hexenkönig stürzen wird. Ipnor lässt seitdem die Geburten kontrollieren und nur die Kinder, die keine Macht besitzen, dürfen am Leben bleiben.

Die einzige Macht, die sie haben, ist es, dass automatisch seine Schergen gerufen werden, wenn die Hexen einem Wolf begegnen. Ansonsten sind sie so harmlos wie die Menschen auf der Welt, in der ihr gelebt habt. Nur seine

Schwester und seine Nichte konnte er nicht finden, weshalb nach einigen Jahren klar war, dass es wohl eben diese Nichte sein würde, die seinen Tod bedeutet.

Vor einigen Monaten wurde überraschenderweise seine Schwester Lori in dieser Welt aufgegriffen. Er hält sie gefangen und foltert sie, damit sie ihm verrät, wo das Mädchen ist. Da du jetzt hier aufgetaucht bist, vermute ich, sie hat stillgehalten. Auch wenn sie damals egoistisch war, als sie dich mitnahm, so scheint sie dich doch sehr zu lieben.»

Samia schossen die Tränen in die Augen.

Er hat Tante Lori gefangen!

Was konnte sie nur tun?

«Wie? Wie kann ich ihn vernichten?»

«Das wissen wir nicht. Es soll wohl einen mächtigen Zauber geben, der ihm sämtliche Macht entreißt. Doch keiner kennt den Spruch oder die Bewegung, die diesen Zauber auslöst. Hat deine Tante Lori dir vielleicht etwas beigebracht, das später einmal von einer größeren Bedeutung sein sollte? Hat sie eventuell irgendwas angedeutet?»
Samia fiel nichts ein.
«Du musst darüber nachdenken. Das Überleben einer ganzen Rasse hängt von dir ab!»

Belana

Samia bekam ein Bett bei den Mädchen.

Als sie abends zu Bett gehen sollten, kam eine von ihnen auf sie zu und zeigte auf Samias Ohren.

«Darf ich mal anfassen?»

«Ja klar», sagte Samia, «wenn ich deine auch mal anfassen darf?»

Innerhalb weniger Minuten war sie von einer ganzen Gruppe kichernder Mädchen umringt, die alle sanft über ihre Ohren strichen.

Samia fühlte sich wohl bei den Wolfsmenschen.

Nachdem die Mädchen den Jungs erzählten, dass Samias Ohren ganz weich waren, ging die ganze Prozedur noch einmal von vorne los. Dann war sie, zumindest von den Kindern, voll akzeptiert.

In den nächsten Tagen versuchten sie herauszufinden, wie sie die Welt retten können, doch es fiel ihnen einfach nichts ein.

Eines Abends, als sie alle beim Essen saßen, fragte Samia: «Woran liegt es eigentlich, dass die Drachen dieses Tal nicht entdecken? Sie müssen es doch sehen, wenn sie darüber fliegen, oder?»

Ibion blickte sie ernst an.

«Es wurde ja mal Zeit, dass du solche Fragen stellst. Nun, auch wenn es verpönt ist, gibt es unter den Wölfen auch Mischlinge. Halb Wolf, halb Hexe konnten sie deinem Onkel entfliehen. In einem Baumhaus nicht weit von hier wohnt das letzte Wesen dieser Welt, dessen Magie noch freigegeben ist. Mit dieser Magie tarnt sie uns. Für die Drachen scheint es so, als würden sie nur über Berge fliegen. Das Tal ist nicht zu sehen. Da es Belana viel Kraft kostet, das aufrechtzuerhalten, hat sie ein Leben fernab der anderen gewählt. Doch wenn du es wünschst, können wir sie besuchen.»

«Mischlinge? Gibt es denn noch mehr?»

«Nein, Ipnor ließ alle töten. Belana ist ein Nachweis seiner eigenen Schwäche, denn sie ist von seinem Blut.»

«Von seinem … aber wie kann das sein? Habt ihr nicht alle erzählt, Ipnor hätte Williams

Mutter geliebt? Wenn man diesen Wahn denn Liebe nennen kann.»

«Nun, es gab noch eine Zeit vor deiner Mutter. Es gab da eine junge Wolfsfrau, die sehr vernarrt in deinen Onkel war. Auch sie wurde nur von ihm benutzt. Er tötete sie, kurz, nachdem er alle Wolfsmenschen zu den Feinden des Landes erklärt hatte. Seine damals fünfzehnjährige Tochter ist ihm entkommen.»

Seine Tochter!

Samia bekam ein flaues Gefühl im Magen. Das musste ja dann ihre Cousine sein!

«Darf ich ... können wir sie besuchen?»

Direkt am nächsten Morgen brachen sie zu Belanas Baumhaus auf. Samia war sehr unruhig, hatte sich die ganze Nacht von einer Seite auf die andere geworfen. Ob ihre Cousine ihnen neue Erkenntnisse verschaffen konnte?

Nachdem sie ein paar Stunden durch das Tal gelaufen waren, kamen sie an einen dichten Wald. Sie kamen kaum durch, so dicht standen die Bäume aneinander. Doch dann standen sie vor einem großen, lilafarbenen Baum, auf dessen Krone ein komplettes Haus befestigt war.

Samia kicherte.

«Irgendwie habe ich mir das Baumhaus anders vorgestellt.»

Auch William grinste.

Die Tür des Hauses öffnete sich und eine Treppe glitt am Baum herab. Nachdem sie den Boden berührte, wirkte es so, als sei die

Treppe schon immer da gewesen. Vorsichtig stiegen sie nach oben.

Es erwartete sie eine hübsche Frau, die nicht älter als 20 schien, mit langen, schwarzen Haaren und dunklen Augen. Ihre Hände sahen aus wie Krallen, doch sonst wirkte die Frau sehr menschlich auf Samia.

«Ich habe euch bereits erwartet», sagte sie und zeigte auf ihr Sofa. «Setzt euch.»

Sie lächelte Samia an und ein Strahlen erhellte ihr ganzes Gesicht. Ihre Augen, die eben noch sehr traurig dreinblickten, hatten einen freudigen Glanz.

«Du musst meine Cousine sein!» Sie ging zu Samia und nahm sie in den Arm. «Ich freue mich sehr, dich endlich kennen zu lernen.

Schon seit Jahren warte ich auf deine Ankunft.»

«Die Freude kann ich nur zurückgeben», lächelte Samia die junge Frau an, die ihr auf Anhieb sehr sympathisch war.

«Jetzt geht es meinem alten Herrn wohl an den Kragen? Wird höchste Zeit, dass ihm endlich jemand die Leviten liest. So wie er noch zu ihren Lebzeiten mit meiner Mutter umgesprungen ist, ist ja bereits ein Unding gewesen. Doch dass er sie auch noch mit eigenen Händen getötet hat, das ist unverzeihlich!»

Nun blickten ihre Augen wieder ziemlich traurig drein. Sie drückte Samias Hand, während sie vor ihr saß.

«Nun, wir würden ihn nur zu gern bestrafen, doch haben wir

keine Ahnung, was wir tun sollen! Wir haben unser halbes Leben nebeneinander verbracht, ohne zu wissen, dass wir füreinander bestimmt sein sollen.

Und jetzt, wo wir zusammengefunden haben, sollen wir für die Rettung der magischen Welt zuständig sein? Aber wie soll das gehen?»

«Oh, wie das vonstattengeht, das weiß ich auch nicht genau. Aber ich kann dir einen Rat geben. Konzentriere dich auf deine Träume …»

Plötzlich ließ Belana Samias Hand los und sank im Sessel zurück.

«Belana!»

Samia kniete sich neben ihre Cousine.

Ibion hielt sie zurück.

«Mach dir keine Sorgen. Es kostet sie ihre ganze Kraft, ihren Schutzzauber aufrechtzuerhalten. Darum schläft sie fast den ganzen Tag und auch die Nacht. Nur so kann ihr Zauber aufrechterhalten werden. Und da sie die Einzige ist, die von Ipnors Drachen nicht gewittert werden kann, sollten wir sie auch schlafen lassen.»
So zogen sie sich wieder zurück.

Traumsprache

Nach diesem Besuch fühlte sich Samia hilflos. Sie wollte den Wesen dieser Welt helfen, doch sie hatte keine Ahnung, wie! Niemand konnte ihr sagen, was sie tun sollte, und doch blickten alle sie so hoffnungsvoll an und warteten nur darauf, dass sie etwas tat.
Sie zog sich ins Mädchenzimmer zurück und weinte verzweifelt. Erschöpft schlief sie ein.
Zum ersten Mal seit langer Zeit fiel Samia in einen tiefen, festen Schlaf.
«Samia, Samia, kannst du mich hören?»
Samia war sicher, dass sie noch schlief. Es war die Stimme ihrer

Tante, die sie rief. Sie versuchte, zu antworten.

«Lori? Ja Lori, ich höre dich!»

«Was ein Glück, darauf habe ich so gehofft. Ich konnte dir auf der Menschenwelt nicht die ganze Wahrheit erzählen, ich stand unter einem Zauber! Es tut mir leid, mein Schatz!»

«Lori, ich bin dir nicht böse! Doch wie kann es sein, dass wir miteinander reden?»

«Das ist die Traumsprache. Nur die alten Hexen beherrschen sie noch. Sie wirkt nur in dieser Welt. Ich muss mich beeilen, mein Bruder wird bald wieder hier sein!

Finde die Macht des Goma!

Nur damit kannst du ihn besiegen! Er kommt! Samia, ich weiß nicht, wie lange ich es noch aushalte! Ich liebe dich! Ich habe auch meine Schwester sehr geliebt!»

«Lori, was meinst du mit der Macht des Goma? Wer oder was ist Goma? Lori? Loooriii?»

Sie schreckte hoch. Sie stand auf und machte sich auf dem Weg zu William.

Aufgeregt klopfte sie an seine Tür. Es dauerte einen Moment, bis er öffnete. Seine Haare waren verwuschelt und er blickte sie müde, aber neugierig an.

«William! Tante Lori hat mit mir gesprochen! Sie beherrscht wohl etwas, das man Traumsprache nennt. Sie hat mir gesagt, ich soll mich mit der Energie des Goma vereinigen, um zu voller Kraft zu gelangen! Hast du eine Ahnung, wovon sie da geredet hat?»

«Die Energie des Goma? Hat sie wirklich Goma gesagt? Ich kann mich da an so uralte Geschichten erinnern, aber das kann ich mir wirklich nicht vorstellen. Goma? Der Wolfsdrache? Das ist ein altes Märchen aus dieser Welt, nein, das ist bestimmt nicht gemeint. Kannst du sie nicht noch einmal fragen?»

«Ich fürchte, sie kann mir nicht mehr antworten, William.»

Erneut kamen ihr die Tränen. Samia konnte einfach nicht aufhören zu weinen. Alles, was sie bis jetzt erlebt hatte, die Last, die sie auf ihren Schultern trug.

Sie hatte das Gefühl, als wären es mehrere Felsbrocken, die da auf ihren Rücken gespannt waren.

William nahm sie schweigend in den Arm und tröstete sie. Immer wieder streichelte er ihre Haare, küsste ihre Stirn. Mit seinem Daumen wischte er ihr die Tränen von den Wangen und hielt sie einfach nur fest. Es dauerte eine Weile, bis sie wieder aufhörte zu weinen.

«Sieh mal, es ist schon hell draußen. Die anderen stehen bestimmt auch bald auf. Beim Frühstück werden wir sie fragen, ob sie wissen, was die Energie des Goma ist. Jetzt haben wir immerhin einen Anhaltspunkt.»

Sie nickte und kuschelte sich noch eine Weile an ihn. Als draußen die ersten Laute zu hören waren, standen sie auf und gingen zum Frühstück.

Granpa war noch nicht wach, also fragten sie Ibion, ob er schon einmal etwas von der Energie des Goma gehört hatte.

«Goma? Der Wolfsdrache?» Ibion blickte sie ungläubig an. «Das sind doch nur alte Geschichten.»

«Alte Geschichten?» Der Seher Pixon betrat, gestützt von einer jungen Frau, das Zimmer. «Sind es nicht alte Geschichten, die uns bereits hierhergeführt haben? Nun, da ich weiß, dass ihr nach der Macht des Goma suchen müsst, weiß ich auch, wie ihr Veykhoria retten könnt.

Ich habe nicht mehr viel Kraft und muss mich oft und viel ausruhen, daher kann ich auch nicht mehr viel vorhersagen. Doch die Geschichte von Goma, die kenne ich gut, die kann ich euch gerne erzählen.»

Der alte Mann setzte sich auf eine Bank.

«Alles, was ich dafür brauchte, ist eine Tasse Tee.»

Samia lächelte.

Es war das erste Mal, dass Pixon zu ihnen kam, seit sie die geheime Zuflucht betreten hatten. Es schien, als hätte der Seher nur auf diesen Moment gewartet.

Ibion brachte dem Seher einen Tee.

Auch Granpa war inzwischen aufgewacht und kam zu ihnen. Er setzte sich und lauschte gemeinsam mit ihnen der Geschichte, die Pixon ihnen erzählte.

Die Legende von Goma

«Es begab sich zu einer Zeit, in der die Kreaturen von Veykhoria friedlich zusammen lebten. Die Drachen lebten in der Eiswüste am Rande von Veykhoria. Es gab die schwarzen Drachen, sie konnten fliegen und Feuer spucken, waren stets freundlich zu den Bewohnern und ließen diese gern aufsitzen und mit ihnen fliegen.

Abends zündeten sie die Lagerfeuer an und wer wollte, durfte sich an ihre warmen Körper kuscheln, um zu schlafen.

Dann gab es noch die weißen Drachen. Sie waren von eher kleinerer Statur und sehr weise.

Sie lehrten den Einwohnern Veykhorias, wie man Gebäude mit der Natur vereinen konnte, und lehrten den Pflanzenhexen den besseren Umgang mit Pflanzen.

Von ihnen lernten sie, wie man Tränke mixte und wie man intuitiv erkennen konnte, welche Pflanze wofür benötigt wird. Sie waren es auch, die herausfanden, dass manche Hexen tierbegabt waren, und brachten ihnen bei, nicht nur die Sprache der Tiere zu verstehen, sondern auch gedanklich mit ihnen zu kommunizieren.

Die weißen Drachen waren in der Lage, ihre Gestalt zu wandeln, und konnten so – teilweise unerkannt – unter den Menschen wandeln und ihre Lebensweise studieren.

Die Legende besagt, dass die erste Wahrheitshexe aus einer Beziehung eines weißen Drachen und einer Hexe entstand.

Goma jedoch war einzigartig.

Er war der Anführer der Drachen und seine Schuppen glänzten golden. Er war von riesiger Gestalt, konnte Feuer spucken wie die schwarzen Drachen, er konnte aber auch mit Tieren reden wie die weißen Drachen.

Er hatte aber auch noch eine ganz spezielle Eigenschaft.

Goma konnte als einziger von allen Drachen seine Gestalt nicht nur in einen Menschen ver-ändern, nein, Goma konnte sich in einen Wolf verwandeln!

Auch als Wolf war er riesig, hatte aber kein goldenes Fell, sondern ein tiefschwarzes!

Die Legende von Goma besagt, dass er der erste Wolfsmensch – aber auch Drache – von ganz Veykhoria war.

Seine Liebe zur Oberhexe Barianna war tief und innig und die beiden reisten durch die Welt, um Menschen in Not zu helfen.

Goma und Barianna konnten sich ohne Worte verstehen und unterhielten sich in Gedankensprache miteinander. Zur Geburt ihres ersten Kindes schenkte Goma seiner Liebsten eine Halskette aus purem Gold, deren Anhänger aussah wie eine Mischung aus Wolf und Drache.

Der König eines anderen Landes drang in Veykhoria ein und

wollte das Land für sich. Er wollte die Kontrolle über die Drachen und sie zu gefährlichen Waffen machen, damit er noch mehr Länder einnehmen könnte.
Er hatte große Magier an seiner Seite, denen es möglich war, die Gedanken der schwarzen Drachen zu kontrollieren. Sie nutzten dafür ein Artefakt, das aussah wie ein rotes Juwel.
Die schwarzen Drachen griffen dadurch also ihr eigenes Volk an! Sie töteten viele Menschen und löschten die weißen Drachen vollständig aus.
Goma, der sich zu diesem Zeitpunkt mit Barianna zurückgezogen hatte, wollte helfen und flog los, um die Magier zu bekämpfen und das rote Juwel zu finden.

Barianna spürte, dass die Suche fehlschlagen würde, und sprach mit all ihrer Kraft einen großen Zauber auf ihre Kette, durch die sie sich mit Goma verbunden fühlte.

Sie setzte all ihre Magie in den Zauber und wäre dadurch fast gestorben. Ihre junge Tochter fand sie jedoch und konnte sie heilen.

Es war mitten in der Nacht und der große, rote Mond stand voll am Himmel.

Goma, der genau in dem Moment von einer Gruppe schwarzer Drachen angegriffen wurde, fühlte, wie sich etwas in ihm veränderte.

Sein Körper wurde im Flug durchgeschüttelt, ohne es zu

wollen machte er eine Rolle nach oben und veränderte sich!

Sein ganzer Körper wurde zu seinem riesigen Wolfskörper, doch er behielt die Flügel des Drachen!

Durch seine Rolle nach oben wich er den gleichzeitig eintreffenden Feuerstößen der schwarzen Drachen aus. Er atmete tief ein und heulte laut den Mond an. Dieses Heulen war in ganz Veykhoria zu hören.

Selbst nicht magiebegabte Menschen konnten die magische Erschütterung spüren.

In dem Moment, als der Wolfsdrache Goma laut aufheulte, wurde der magische Bann von allen schwarzen Drachen genommen!

Sofort wendeten diese sich ab und flogen zu ihren Peinigern, den Magiern des Königs, zurück. Diese wussten nicht, wie ihnen geschah, da waren sie und ihr König auch schon vernichtet.

Goma flog zurück zu seiner Familie und gemeinsam reisten sie durch die Welt, um Dörfer und Städte wieder aufzubauen und den Menschen zu helfen.

Die schwarzen Drachen jedoch zogen sich aus Scham zurück und wurden lange Zeit nicht wieder gesehen.

Goma und seine Familie ver- schwanden nach einigen Jahr- zehnten ebenfalls.

Man sagt, sie verbrachten den Rest des Lebens in der Eiswüste.

Da die schwarzen Drachen dort nicht mehr lebten, um für Wärme zu sorgen, gab es dort kaum noch Menschen.

Das alles ist Jahrhunderte her, niemand in Veykhoria glaubte noch an die Existenz von Drachen.

Bis nach Ipnors Ernennung zum König. Da tauchten die schwarzen Drachen plötzlich auf und jagten für ihn die Hexen.»

Pixon hustete und trank einen Schluck Tee. Erschöpft lehnte er sich zurück.

Aufgeregt sprang Samia auf: «Ipnor muss das rote Juwel haben! Und was ist, wenn Bariannas Kette noch irgendwo existiert? Könnte darin die Macht des Goma enthalten sein?»

William stimmte ihr zu.

«Zumindest haben wir jetzt einen Ansatz, wo wir suchen können.»

Der Aufbruch zur Eiswüste

Ibion sprach mit seinen Leuten, konnte jedoch nicht viele davon überzeugen, das Tal zu verlassen, um William und Samia zur Eiswüste zu begleiten.

Vier seiner Männer waren jedoch davon überzeugt, dass sie eine Chance haben könnten, und begleiteten sie.

Auch Granpa ließ es sich nicht nehmen, mit ihnen zu gehen.

Arkton, Werian, Maruk und Selmon verabschiedeten sich herzlich von ihren Familien.

Die Taschen, die alle bei sich trugen, blieben auch bei ihrer Verwandlung auf ihrem Rücken. Williams Tasche war verzaubert und wandelte sich gar in einen Sattel um!

Darin waren Proviant, Feldflaschen mit Wasser und warme Kleidung für alle, da selbst das Fell der Wölfe sie nicht vor der Kälte der Eiswüste schützen konnte.

Bevor sie aufbrachen, sollten sie noch einmal bei Belana vorbei.

Diese hatte ein großes Zelt magisch versiegelt, damit die Gruppe sich nachts darin vor den schwarzen Drachen verbergen konnte.

Sie ließ es sich nicht nehmen, Samia dieses Zelt persönlich zu übergeben.

Diese erschrak, als sie ihre Cousine sah.

Das lange, schwarze Haar war ergraut und das junge Mädchen

sah aus, als wäre es um Jahrzehnte gealtert.

«Jede Magie hat ihren Preis», hörte Samia Tante Lori in ihren Erinnerungen sagen.

Belana umarmte Samia zum Abschied.

Ranjo leckte Samias Hände und ging mit Belana die Treppen zu ihrem Baumhaus hoch.

«Bist du sicher, Ranjo», sagte Belana. Sie drehte sich noch einmal zu Samia um.

«Ranjo weiß, dass meine Kräfte schwinden und da die Tiere dieser Welt ihre Magie teilen können, will er bei mir bleiben, damit ich den Schutz hier aufrecht erhalten kann, während ihr weg seid.»

«Ranjo ist aus dieser Welt?», fragend blickte Samia William an.

Dieser lachte.

«Das merkt man doch sofort! Bei der letzten Öffnung hat er sich durch das Portal geschlichen und jetzt, wo er dich mitgebracht hat, verstehe ich, warum er das getan hat!»

Samia fand zwar nicht, dass Ranjo sie mitgebracht hätte, aber trotzdem ergab das alles für sie einen Sinn. Wer weiß, vielleicht wollte Ranjo nur in ihre Welt, um sie kennenzulernen!

Und so machten sie sich zu siebt auf den Weg zur Eiswüste.

Nachdem sie die Zuflucht verlassen hatten, nahmen die Wölfe ihre Wolfsgestalt an und Samia setzte sich auf Williams Rücken.

Die ersten beiden Tage reisten sie ohne besondere Vorkommnisse.

Am dritten Tag konnte Samia bereits aus der Ferne Dächer eines Dorfes erkennen.

Sie suchten sich ihr Lager in großer Entfernung zu dem Dorf, bauten das Zelt auf und setzten sich hinein.

«Wir können nicht in dem Dorf übernachten, auch wenn ein Bett einmal eine angenehme Abwechslung wäre», erklärte Granpa. «Die Menschen in dem Dorf würden uns sofort melden, selbst wenn sie wollen, dass wir Erfolg haben. Alle Menschen, denen wir begegnen, sind eine Gefahr für uns. Wir müssen uns abseits halten. Noch reichen unsere Vorräte aus. Bevor wir endgültig in die Eiswüste kommen, müssen wir noch einmal Nahrung jagen, denn dort wird es schwer, etwas Essbares zu finden.»

Deswegen gingen sie, als sie am nächsten Morgen wieder loszogen, in einem großen Bogen um das Dorf. Sie begegneten tatsächlich niemandem.

Samia lernte ihre Begleiter auf dieser Reise besser kennen.

Maruk war der Vater der kleinen Lilia, das Mädchen, das so mutig war und Samia auf ihre Ohren angesprochen hatte. Er war fast zwei Meter groß und kräftig, auch in der Wolfsgestalt konnte man seine Muskeln gut erkennen. Sein Haar und sein Fell waren dunkelbraun.

Arkton und Werian waren Brüder. Sie beide hatten ihre Frauen im Krieg verloren und haben sich keine neuen Partnerinnen gesucht. Grundsätzlich sind Werwölfe sehr treu und es kommt extrem selten vor, dass sich ein Werwolf ein weiteres Mal verliebt, wenn er einmal jemandem sein Herz geschenkt hat. Die beiden hatten noch eine Rechnung mit Ipnor offen. Sie waren sehr schlank, wirkten, als bekämen sie nichts zu essen, obwohl sie bei den Mahlzeiten kräftig zulangten.

Arkton war blond, obwohl Samia es fast schon als weiß bezeichnen würde, mit feinen goldenen Strähnen. Werians Haare und Fell waren hingegen tiefschwarz.

Selmon war ungefähr im gleichen Alter wie Samia und William. Er hatte seine Eltern während der großen Jagd auf die Wölfe verloren und war in der

Zuflucht aufgewachsen. Der große, sportliche Junge hatte immer ein Lächeln im Gesicht. Abends am Lagerfeuer, das in ihrem Zelt tatsächlich brannte, als wären sie im Freien, sang er oft ein Lied.

«Das hat mir meine Mutter immer vor dem Schlafengehen vorgesungen.»

Während er sang, blickten seine grünen Augen traurig in die Ferne.

«Wenn die Hexe blaue Tränen weint

Und sich mit dem Wolf vereint.

Wenn sie voller Zuversicht,

das letzte grüne Siegel bricht.

Dann halt dich bereit mein Kind,

auch wenn andere dagegen sind.

Denn das ist die große Zeit,

in der Goma die Drachenwelt befreit.»

Dieses Lied war der Grund, weshalb Selmon sich der Gruppe angeschlossen hatte.

Es verging eine weitere Woche, in der sie noch zwei Dörfer weit umgehen mussten.

Nun war es auch tagsüber so kalt, dass sie alle ihre warme Kleidung auspacken mussten. Nur im Zelt war es nach wie vor angenehm warm.

Die Eiswüste war nun ganz nah. Die wenigen Bäume, die noch vorhanden waren, waren kahl und hatten Eiszapfen an den Ästen.

Abends machte Samia einen Spaziergang. Sie ging an einen Fluss, dessen rotes Wasser von rosa Eisschollen durchzogen war.

Dort füllte sie ihre Wasserflasche auf, was mit den dicken Handschuhen nicht so einfach war.

Da hört sie ein Lachen.

Eine junge Frau und ein Mann kamen auf den Fluss zu gerannt und lachten miteinander. Der Mann nahm die Frau in die Arme und küsste sie.

Samia versuchte, sich leise davonzuschleichen.

Als sie hinter einem Baum verschwand, drehte sie sich noch einmal um.

«War da jemand?», hörte sie die Frau fragen.

«So ein Quatsch, wir sind hier ganz allein», antwortete der Mann und küsste die Frau erneut.

Das war knapp!

Samia ging zurück zum Zelt, um den anderen zu berichten, was ihr am Fluss passiert war.

«Das waren bestimmt Eishändler», sagte Granpa. «Die Eishändler wohnten ursprünglich in der Eiswüste, handeln aber im ganzen Land mit ihren Waren. Sie schnitzen Figuren aus Eis und verkaufen sie. Gut, dass sie dich nicht gesehen haben.»

Am nächsten Morgen wollten die Wölfe auf die Jagd, um ihren Nahrungsvorrat aufzufüllen.

Granpa und Samia blieben im Zelt zurück.

«William war schon während der Schulzeit total vernarrt in dich», erzählte Granpa plötzlich. «Natürlich habe ich ihm davon abgeraten, jemals Kontakt mit dir aufzunehmen. Ich dachte schließ-

lich, du wärst ein einfacher Mensch und würdest niemals seine Geschichte verstehen.»
Samia überlegte gerade, was sie ihm antworten sollte, als sie plötzlich einen Stich in ihrer Stirn verspürte und William rufen hörte: «Samia, Granpa! Hört ihr mich? Etwas Schreckliches ist geschehen!»
Samia sprang auf.
«Was hast du?», fragte Granpa.
«Hast du William nicht gehört? Wir müssen ihnen helfen!»
Granpa schaute sie verwirrt an, nickte aber dann.
«Na gut, dann los.»
Sie liefen nur ein paar Meter weit, da konnte man schon die Rauchsäule am Himmel sehen.
William rannte ihnen entgegen.

«Die Eishändler! Sie sind … sie sind alle tot!»

Ihnen bot sich ein entsetzliches Bild. Ein paar Zelte und Planwagen waren abgebrannt und kaum noch zu erkennen. Rund um den Platz verteilt lagen verkohlte Leichen.

In der Mitte des Platzes hing ein Mann, dessen Körper nahezu unversehrt schien. Doch als sie näherkamen, konnten sie sehen, dass ihm die Augen ausgebrannt wurden.

Samia erbleichte.

«Da..da… das ist der Mann vom Fluss. Meint ihr, er ha…hat mich doch gesehen?»

William nahm Samia in den Arm.

«Ja, das glaube ich auch. Ipnor weiß, wo wir sind! Wir müssen hier schnell weg.»

Die anderen hatten ihre Sachen zusammengepackt und alle wandelten sich. Samia stieg weinend auf Williams Rücken.

«Ich komme wieder. Ich werde euch eine Beerdigung ausrichten. Es tut mir leid», flüsterte sie schluchzend und weinte in Williams Fell, während die Wölfe schnell wie der Wind auf die Eiswüste zuritten. Diesmal hielten sie auch nachts nicht an. Je größer der Abstand zu der Stelle, an der sie sich vorher befanden, umso besser.

Der Boden war hart, gefroren und es fielen vereinzelte Flocken vom Himmel. Alles um sie herum war weiß und kahl.

Erst am nächsten Tag machten sie eine Rast.

Alle saßen erschöpft um das Feuer im Zelt herum und beratschlagten, wie es weitergehen sollte.

«Wenn Ipnor weiß, wonach wir suchen, erwartet er uns vielleicht bereits. Er kann sich bestimmt denken, dass wir auf dem Weg zur Eiswüste waren. Unsere einzige Chance ist die Untergrundstadt», sagte Werian. Sein Bruder nickte.

«Die Untergrundstadt? Ist das nicht ein Mythos?», fragte Maruk.

Arkton lachte. «Ist nicht alles ein Mythos, was hier gerade passiert? Lasst uns den Eingang suchen. Wir müssen vor Ipnor da sein.»

Samia blickte fragend von einem zum anderen.

Selmon flüsterte ihr zu: «Die Untergrundstadt ist ein geheimes Versteck, das Goma und Barianna nutzten, bevor er losflog, um sich den schwarzen Drachen zu stellen.

Barianna hat sie mit einem Zauber belegt, nur wer guten Willens ist, kann diese Stadt betreten. Vermutlich ist die Kette dort versteckt. Allerdings weiß niemand genau, wo sich die Untergrundstadt befindet. Angeblich kann der wahre Erbe von Goma es fühlen.»

Selmon und Samia blickten beide zu William. Dieser errötete und zuckte mit den Schultern.

Sie schliefen nur zwei Stunden und zogen weiter.

Plötzlich jaulte William auf und rannte an die Spitze. Er rannte

noch schneller als zuvor und alle
jagten ihm nach.
Er hatte eine Spur.

Die Untergrundstadt

Jetzt konnten sie alle es sehen.

Das Eingangstor war eine imposante Konstruktion, die aus massiven Eisblöcken geformt wurde. Sie waren kunstvoll miteinander verschmolzen und glänzen in schillernden Farben, als wären sie von der Kälte selbst geschaffen worden. Ihre Oberfläche war mit fein gearbeiteten Verzierungen verziert, die Szenen aus der Geschichte Gomas und Bariannas darstellten.

Vor dem Tor erstreckte sich ein weites Plateau, bedeckt mit einer hauchdünnen Schicht frisch gefallenem Schnee. Dutzende von eisigen Säulen, geformt wie schlanke Baumstämme, ragten majestätisch empor und hielten das Gewicht der darüber liegenden Eismassen.

Sie waren mit glitzernden Kristallen übersät, die wie Diamanten im Licht der unterirdischen Sonne funkelten.

Ein leises, melodisches Summen erfüllte die Luft, als würden tausend unsichtbare Stimmen einen sanften Gesang anstimmen. Das Summen lockte sie mit seiner geheimnisvollen Melodie und wies ihnen den Weg.

Fasziniert stierten sie alle auf das Tor. Sie konnten es nicht fassen, dass es tatsächlich da war.

Da hörten sie das Rauschen hinter sich.

«Die schwarzen Drachen kommen!»

Sie rannten erneut los, über das Plateau, hinterließen ihre Abdrücke im Schnee. Die Wölfe waren erschöpft, holten die letzten Reserven aus sich heraus.

Granpa blieb ein Stück hinter ihnen zurück, er hatte kaum noch Kraft.

«Lauft Kinder, ich halte sie auf!», rief er ihnen nach.

«Granpa! Nein!», rief William und blieb stehen.

Samia stieg von seinem Rücken.

«Wir müssen gehen, William, sonst war alle umsonst!», Selmon zog William mit sich. Die anderen hatten ihre Menschengestalt angenommen und hakten Samia unter, um sie ebenfalls mit sich zu ziehen.

Samia konnte den Blick nicht von Granpa abwenden.

Sie sah ihn neben einer der Eis-
säulen stehen.

Sie sah, wie die Drachen immer
näherkamen.

Sie sah, dass sie Feuer spien.

Dann wurde sie durch das Portal
gezogen und sah nichts mehr.

Sie wurde von einem blendenden
Licht empfangen. Die Untergrundstadt enthüllte sich in all
ihrer Pracht. Vor ihnen erstreckte
sich ein weites Atrium, dessen
Wände mit eisigen Verzierungen
bedeckt waren. Sie erzählten von
vergangenen Zeiten, von den
heldenhaften Taten Gomas und
der Geschichte der Bewohner.

Eine schier endlose Treppe aus
Eis führte hinab in die Stadt.

Die Straßen der Untergrundstadt
waren ein Labyrinth aus
gewundenen Gassen und Tun-

neln, die sich durch das eisige Gestein schlängelten. Über ihnen erstreckten sich kunstvoll geschnitzte Eisskulpturen, die von magischem Licht durchströmt wurden.

Farbige Kristalle hingen von den Decken, warfen funkelnde Reflexionen auf den Boden und erzeugten eine zauberhafte Atmosphäre.

All dies nahm Samia durch einen Schleier aus Tränen wahr. Sie wandte sich wieder dem Portal zu, um zu sehen, was mit Granpa passiert war, doch man konnte nicht hindurchsehen.

Sie sank auf die Knie und schluchzte hemmungslos. William kniete sich neben sie und weinte ebenfalls.

Betreten schweigend standen die anderen um sie herum. Maruk hatte William eine Hand auf die Schulter gelegt und Selmon kniete sich nieder und umarmte William und Samia.

Hier war es ebenso eiskalt wie in der Eiswüste an der Oberfläche. Samias Tränen gefroren zu Eis. Es dauerte nicht lange, da lagen viele Eisperlen um sie herum.

Arkton räusperte sich. «Wir müssen weitergehen. Wer weiß, wie lange das Portal Bestand hat vor Ipnors Macht.»

William stand auf, atmete tief durch und reichte Samia die Hand. Sie schritten voran und der Rest der Gruppe ging hinterher.

Selmon hob eine von Samias geforenen Tränen auf und hielt sie ins Licht.

Sie schimmerte blau.

Obwohl die Stufen der Treppen glatt und aus Eis waren, waren sie nicht rutschig. Unten angekommen, erwarteten sie erstaunlich milde Temperaturen.

Sie betrachteten die Skulpturen, die die Geschichte Gomas und Beriannas wiedergaben und folgen dem Weg, bis man sah, wie Berianna Goma den Anhänger überreichte.

Da die Skulpturen sich über den Gebäuden befanden, war nicht klar zu erkennen, was Beriannas Figur dort in der Hand hielt.

War es der echte Anhänger?

Oder war es Eis, wie die Skulpturen selbst?

Sie mussten einen Weg finden, dort hoch zu gelangen, um das Ganze näher zu betrachten.

In ihrer Ausrüstung befanden sich einige Seile und Eispickel. Arkton und Werian hatten Klettererfahrung, also wollten die beiden es versuchen. Direkt unterhalb der Figuren befand sich ein imposantes Gebäude, das sie zunächst alle gemeinsam betraten.

Auch dieses Gebäude war aus Eis. Dennoch war es hier nicht kalt. Wenn die Stadt noch bewohnt wäre, wäre dies gewiss das Rathaus.

Die großen Türen ließen sich einfach beiseiteschieben. Im Inneren befanden sich ein Empfangstresen und große Treppen, die nach oben führten. Es war vier

Stockwerke hoch und auch, wenn es interessant gewesen wäre, sich alle Räume anzusehen, gingen sie direkt nach oben.

Unter dem Dach befand sich tatsächlich eine ins Eis geschlagene Leiter, die zu einer Dachluke führte. So gelangten sie alle auf das Dach.

Die beiden Brüder nahmen sich die Ausrüstung und beratschlagten, welches die beste Stelle zum Hochklettern ist.

Neugierig beobachtete Samia die beiden beim Klettern. Routiniert schlugen sie die Pickel in das Eis und kamen zügig voran. Nach wenigen Minuten kletterten sie bereits Beriannas Arm entlang.

Werian, der sich an vorderer Stelle befand, ließ sich von Arkton halten, als er vorsichtig auf

den Gegenstand in Beriannas
Hand klopfte.

«Es leuchtet grün!», rief er aufgeregt. Bald schon hatte er einen
größeren Brocken herausge-
hauen.

Bedächtig kletterten die beiden
wieder nach unten.

Werian gab Samia den Eisklotz,
den er abgemacht hatte. Im Inneren konnte man tatsächlich ein
grünes Leuchten sehen.

«Wollen wir versuchen, es zu
schmelzen?», fragte Werian. «Ich
wollte es nicht kaputtschlagen.»

«Wie wollen wir denn hier ein
Feuer machen? Oder wollt ihr
das Zelt aufstellen?»

Da alles aus Eis bestand, hatte
Samia die Befürchtung, es könnte
außer der von ihnen beschä-
digten Skulptur noch etwas von

dieser schönen Eisstadt zerstört werden.

«Ich denke, wir können es wagen, ein Feuer zu machen. Wer weiß, ob und wie lange das Portal noch gegen Ipnors Magie standhält.»

Sie verließen das Gebäude und gingen zu einem großen Platz, der wohl früher mal als Markt-platz diente. In der Mitte des Platzes gab es sogar eine Feuer-stelle! Holz war bereits auf-geschichtet und es war nicht mit Eis ummantelt. So, als hätte jemand diese bereits für sie vor-bereitet.

Dort fiel es Ihnen ziemlich leicht, ein Feuer zu entfachen. Einen Kessel hatten sie in ihren Taschen sowieso dabei. Dort legten sie

den grün leuchtenden Eisklum-
pen hinein.

Während sie darauf warteten,
dass das Innere des Eisbrockens
zum Vorschein kam, herrschte
betretenes Schweigen.

Alle waren mit ihren Gedanken
bei Granpa.

Samia wandelte gedankenver-
loren durch die verwinkelten
Gassen. Ihr Herz war schwer von
der Trauer um Granpa, doch die
magische Atmosphäre der Stadt
bot einen seltsamen Trost.

Plötzlich hielt Samia inne. Vor ihr
saß ein kleines, verletztes Tier,
das aussah wie eine Mischung
aus einem Kaninchen und einem
Vogel, mit zarten Flügeln und
leuchtenden Augen. Es zitterte
vor Schmerz und Angst.

Instinktiv kniete Samia sich hin und flüsterte beruhigende Worte. Überrascht bemerkte sie, dass sie das Tier tatsächlich verstand. Es erzählte ihr von seinem Schmerz und seiner Furcht. Sie streckte ihre Hände aus, und sanft berührte sie das verletzte Wesen. Ein warmes, sanftes Leuchten umhüllte ihre Hände, und sie spürte, wie ihre Energie in das Tier floss. Es war ein heilender Strom, der sowohl ihren Körper als auch ihre Seele erfüllte.

Langsam hob das Tier seinen Kopf, die Verletzung heilte vor ihren Augen. Es blickte Samia mit tiefem Verständnis und Dankbarkeit in den Augen an. In diesem Moment fühlte Samia eine Verbindung, die weit über die einfache Kommunikation hinausging. Sie erkannte, dass ihre Fähigkeit, mit Tieren zu sprechen, nur ein Teil einer tieferen Gabe war.

Als das Tier schließlich davonflatterte, stand Samia auf, erfüllt von einer neuen Zuversicht. Sie verstand nun, dass ihre Kräfte ein Teil von ihr waren, unabhängig von der Welt, in der sie sich befand. Mit dieser Erkenntnis im Herzen kehrte sie zu ihren Gefährten zurück.

Plötzlich erstrahlte der gesamte Marktplatz in einem grünen Leuchten. Der Ursprung dieses Leuchtens kam aus dem Kessel. Vorsichtig nahmen sie den Kessel vom Feuer.

Das grüne Leuchten wurde immer heller, und als sich der Dampf verzog, kam ein wunderschöner Anhänger zum Vorschein.

Es war die Halskette, die Goma von seiner Geliebten Barianna geschenkt bekommen hatte, kunstvoll gestaltet mit dem Symbol eines Wolfsdrachen. Der Anhänger schwebte in der Luft, umgeben von einer magischen Aura.

Samia streckte zögernd ihre Hand aus und berührte den Anhänger. Ein Stromstoß durchfuhr ihren Körper, und eine Welle der Energie breitete sich in der gesamten Stadt aus. Die eisigen Strukturen um sie herum begannen zu vibrieren und zu schimmern, als würde die Stadt selbst zum Leben erwachen.

In diesem Moment wurde Samia bewusst, dass sie die Macht des

Goma in ihren Händen hielt. Sie spürte eine tiefe Verbindung zur Magie der Kette und erkannte ihre wahre Bestimmung. Sie war die Erbin Gomas und die einzige, die Ipnor besiegen konnte.

William trat an ihre Seite, und seine Augen leuchteten mit Entschlossenheit.

«Wir sind bereit, Samia. Mit dieser Macht können wir Ipnor entgegentreten und Veykhoria befreien.»

Die Gruppe sammelte sich und bereitete sich auf den Kampf vor. Sie hatten wenig Zeit, denn sie wussten, dass Ipnor bereits nach ihnen suchte. Mit dem Anhänger als Symbol ihrer Stärke und dem Mut ihrer Gefährten machten sie sich auf den Weg zurück zum Portal.

Als sie das Portal erreichten, zögerte Samia einen Moment. Sie dachte an Granpa, an ihre Tante Lori und an all die Opfer, die im Kampf gegen Ipnor gefallen waren. Mit einem tiefen Atemzug durchquerte sie das Portal, gefolgt von William und den anderen.

Sie traten in eine Welt, die von Dunkelheit und Kälte gezeichnet war. Der Himmel war von düsteren Wolken verhangen, und in der Ferne konnten sie das Schloss von Ipnor erkennen, umgeben von schwarzen Drachen.

Die Eiswüste selbst war frei. Sie wussten nicht, wieso Ipnor nicht vor dem Portal auf sie wartete, doch sie hatten auch nicht vor, das jetzt herauszufinden.

«Es ist Zeit», sagte Samia mit fester Stimme. «Wir stellen uns Ipnor und beenden dies.»
Mit erhobenem Haupt und dem Anhänger des Goma leuchtend an ihrer Brust ritt Samia mit den anderen in Richtung des Schlosses. Die Luft knisterte vor magischer Energie, und die Hoffnung, die lange in den Herzen der Bewohner Veykhorias geschwunden war, kehrte zurück.
Die Schlacht um die Freiheit hatte begonnen.

Unerwartete Kräfte

Die Kälte der Eiswüste war erbarmungslos, doch inmitten dieses unwirtlichen Landes fand eine unerwartete Transformation statt. Samia, die den leuchtenden Anhänger des Goma fest in ihrer Hand hielt, spürte eine tiefe, magische Verbindung, die sich zwischen ihr und William zu entfalten begann. Der Anhänger pulsierte mit einer Energie, die auf geheimnisvolle Weise mit Williams Wesen zu resonieren schien.

In einer Nacht, die kälter und dunkler war als alle zuvor, wurden sie von einer Gruppe finsterer Gestalten angegriffen – Späher, gesandt von Ipnor, um sie aufzuspüren. In diesem Moment der höchsten Gefahr und des Adrenalins griff Samia instinktiv nach Williams Hand, während sie den Anhänger fest umklammerte.

Plötzlich erfüllte ein blendendes, grünes Licht die Szene, und William begann sich zu verändern. Sein Körper dehnte sich aus, wuchs und nahm die Gestalt eines beeindruckenden Wolfsdrachen an.

Samia spürte, wie ihre eigene Energie durch den Anhänger floss und Williams Transformation verstärkte und lenkte. Es war, als ob der Anhänger eine alte, mächtige Magie entfesselte, die in William schlummerte.

Der Wolfsdrache William war eine imposante Erscheinung: mit

mächtigen Schwingen, scharfen Klauen und funkelnden Augen, die Intelligenz und Kraft ausstrahlten. Samia, immer noch fest mit ihm verbunden, fühlte sich als Teil dieser unglaublichen Verwandlung. Ihre Gedanken und Emotionen schienen sich mit Williams zu vermischen und ihm zusätzliche Kraft und Zielgerichtetheit zu verleihen.

Gemeinsam stellten sie sich den Spähern. William, in seiner neuen, mächtigen Form, und Samia, die ihre eigenen magischen Fähigkeiten nutzte, um sie beide zu schützen und zu stärken. Es war ein Kampf, der von der Kombination ihrer Kräfte und der Macht des Anhängers geprägt war.

Als die Bedrohung besiegt war und die Nacht wieder still wurde, kehrte William zu seiner menschlichen Form zurück, mit einem tiefen Verständnis für die Kraft, die er in sich trug. Samia, immer noch den Anhänger haltend, realisierte, wie tief ihre Verbindung zu William und zu den Kräften von Goma war.

Als die Morgendämmerung den Himmel der Eiswüste in sanfte Farben tauchte, sammelten sich Samia und ihre Gefährten um das noch schwelende Lagerfeuer. Die Ereignisse der Nacht hatten sie alle tief berührt, besonders Williams unerwartete Verwandlung in einen Wolfsdrachen.

«Das war unglaublich, William», begann Arkton, seine Augen weit vor Staunen. «Wie hast du das gemacht?»

William blickte auf den Anhänger in Samias Hand und dann zu ihr. «Es war nicht nur ich. Es war Samia… und dieser Anhänger. Sie haben mir geholfen, mich zu verwandeln.»

«Das bedeutet…», Maruk pausierte, als er die Worte fand, «dass die Legende wahr ist. Du bist ein direkter Nachfahre Gomas, und dieser Anhänger hat die Macht, dich zu verwandeln.»

Samia nickte, während sie den Anhänger betrachtete. «Es ist mehr als das. Es scheint, dass unsere Kräfte sich ergänzen. Mein Kontakt mit dem Anhänger hat William geholfen, seine wahre Gestalt anzunehmen. Wir sind zusammen stärker.»

Selmon, dessen Augen immer noch voller Staunen waren, fügte hinzu: «Das ändert alles. Wir haben jetzt nicht nur eine mächtige Hexe unter uns, sondern auch einen Wolfsdrachen. Ipnor wird nicht wissen, was ihn trifft.»
Bei den Worten ‚mächtige Hexe' lief ein Schauer über Samias Rücken.
War wirklich sie damit gemeint?
Nach der dramatischen Nacht der Konfrontation und Williams Verwandlung in einen Wolfsdrachen fand Samia einen Moment der Ruhe und des Nachdenkens. Die frühen Morgenstunden in der Eiswüste boten eine seltsame Stille, einen Kontrast zur Hektik und Gefahr der vergangenen Ereignisse.

In einer ruhigen Stunde, allein mit ihren Gedanken, betrachtete Samia den leuchtenden Anhänger des Goma, der in ihrer Hand ruhte. Die Ereignisse der letzten Zeit – die heilende Berührung des verletzten Tieres in der Untergrundstadt, ihre intuitive Verbindung mit William, und ihr unerwartetes Aufkommen an Kampfkräften – ließen sie nicht los.

Plötzlich begann der Anhänger zu pulsieren, und Samia fühlte, wie sich eine tiefe Verbindung zu ihm aufbaute. Das Schmuckstück kommunizierte mit ihr, offenbarte Antworten in flüchtigen Visionen.

Bilder von Berianna, der mächtigen Hexe und Gomas Geliebten, erschienen vor Samias Augen.

In diesen Visionen sah sie Berianna, wie sie mit verschiedenen magischen Fähigkeiten experimentierte, die sie geschickt miteinander verband. Samia erkannte, dass Berianna nicht nur eine einzelne Hexenfähigkeit besaß, sondern eine seltene Kombination verschiedener Kräfte.

Diese Erkenntnis erfüllte Samia mit Ehrfurcht und einem tiefen Verständnis ihrer eigenen Macht.

Der Anhänger offenbarte ihr, dass auch sie eine solche seltene Kombination aus Hexenkräften besaß.

Diese Einsicht war zunächst überwältigend, doch bald fühlte Samia, wie eine innere Stärke in ihr erwachte. Sie begann, ihre Fähigkeiten zu erkunden und zu kontrollieren, lernte, wie sie sie in Harmonie einsetzen konnte.

Als Pflanzenhexe konnte sie die Natur um sich herum beeinflussen und für Heilzwecke nutzen. Als Wahrheitshexe war sie fähig, Lügen zu durchschauen und verborgene Wahrheiten ans Licht zu bringen. Samia begriff, dass ihre wahre Kraft in der Vereinigung und dem harmonischen Einsatz all dieser Fähigkeiten lag.

Der Anhänger des Goma wurde zu ihrem Führer und Mentor, half ihr, ihre vielfältigen Talente zu verstehen und zu meistern. Samia wurde sich bewusst, dass sie eine Symphonie aus magischen Kräften war, deren Harmonie ihr die Kraft gab, sich den kommenden Herausforderungen zu stellen.

Mit neuer Zuversicht und einem klaren Verständnis ihrer selbst kehrte Samia zu ihren Gefährten zurück, bereit, ihren Weg fortzusetzen und sich den Herausforderungen zu stellen, die auf sie warteten.

Samia trat aus der Einsamkeit ihrer Gedanken zurück ins Lager, wo ihre Gefährten bereits das Frühstück vorbereiteten. Die Stille der Eiswüste wich dem vertrauten Geräusch ihrer Stimmen. Sie spürte, wie wichtig es war, ihre neuen Erkenntnisse mit ihnen zu teilen.

«Ich muss euch etwas erzählen», begann Samia, während ihre Gefährten neugierig zuhörten. William sah sie erwartungsvoll an, seine Augen funkelten im Morgenlicht.

«Ich habe verstanden, wer ich bin, was ich bin», fuhr Samia fort, ihre Stimme fest und klar. «Ich bin nicht nur eine Hexe einer Art. Ich bin… mehr.»

«Mehr?», fragte William, seine Stirn in Falten.

«Ja, ich bin eine Wahrheitshexe, eine Tierhexe, eine Blumenhexe und eine Kampfhexe. All diese Kräfte sind in mir vereint», erklärte Samia. «Ich habe gespürt, wie sie alle zusammenarbeiten, wie sie mich und uns stärker machen.»

Arkton, der am Feuer stand, blickte auf. «Das klingt nach einer unglaublichen Gabe, Samia. Aber wie wirst du all diese Kräfte meistern?»

«Der Anhänger hat es mir gezeigt», sagte Samia. «Wenn man es erst einmal verstanden hat, dann ist es nicht so schwer, wie es klingt.»

Selmon, der stets ein Lächeln auf den Lippen trug, nickte anerkennend.

«Das erklärt, wie du es geschafft hast, mit Ranjo zu sprechen und wie du uns im Kampf unterstützt hast. Deine Vielseitigkeit wird uns im Kampf gegen Ipnor einen Vorteil verschaffen.»

Samia stutze.

«Wie ich es geschafft habe, mit Ranjo zu sprechen? Er hat doch mit uns allen geredet, oder?»

William lächelte.

«Nein, wir haben Ranjo nicht sprechen hören. Es ist ein Instinkt, weil er als Wolfshund uns

Wolfsmenschen ja recht ähnlich ist. Deshalb verstehen wir Ranjo ebenfalls gut.»

Maruk, der bisher schweigend zugehört hatte, erhob sich.

«Vielleicht haben wir wirklich eine Chance gegen Ipnor. Deine Kräfte, Samia, und deine Möglichkeit, dich zu verwandeln, William, könnten das Zünglein an der Waage sein.»

Am Rand der Eiswüste, mit Blick auf die düstere Festung Ipnors, stand Samia und hielt den leuchtenden Anhänger des Goma fest in ihrer Hand.

«Dieser Anhänger ist der Schlüssel», sagte sie. «Wir können ihn nutzen, um die schwarzen Drachen zu befreien.»

William nickte zustimmend.

«Wenn wir sie auf unserer Seite haben, verringert sich Ipnors Macht erheblich.»

Samia konzentrierte sich und nutzte ihre Fähigkeiten als Tierhexe, um eine Verbindung zu den schwarzen Drachen aufzubauen. Sie sandte gedankliche Botschaften des Friedens und der Freiheit, verstärkt durch die magische Energie des Anhängers. Langsam begannen die Drachen, die über Ipnors Festung kreisten, ihre Kreise zu verlangsamen, sichtlich verwirrt und neugierig auf die Quelle der neuen, befreienden Energie.

«Es funktioniert», flüsterte Samia. «Sie spüren die Wirkung des Anhängers.»

Währenddessen nutzte Samia auch ihre anderen Kräfte. Als

Wahrheitshexe suchte sie nach Schwachstellen in Ipnors Verteidigung, als Blumenhexe stärkte sie die karge Vegetation, um Schutz und Tarnung für ihre Gruppe zu schaffen, und als Kampfhexe bereitete sie offensive Zauber vor, um im Kampf eingesetzt zu werden.

«Wir müssen schnell handeln», sagte William. «Sobald Ipnor bemerkt, dass wir seine Drachen beeinflussen, wird er alles daransetzen, uns zu stoppen.»

Samia nickte. «Dann lasst uns beginnen. Wir haben eine Armee zu befreien.»

Unter Samias Führung näherten sie sich der Festung. Die schwarzen Drachen, nun teilweise befreit von Ipnors Kontrolle, begannen, sich unruhig zu verhalten. Einige landeten sogar in der Nähe der Gruppe, ihre großen Augen auf den Anhänger gerichtet.

«Willkommen, mächtige Drachen», sprach Samia zu ihnen. «Ihr seid frei von Ipnors Fesseln. Helft uns, ihn zu stürzen, und erlangt eure wahre Freiheit zurück.»

Die Drachen brüllten zustimmend, ein tiefes, resonierendes Geräusch, das die Luft erzittern ließ. Mit den befreiten Drachen an ihrer Seite und der vereinten Kraft der Gruppe machten sich Samia und ihre Gefährten bereit für den finalen Kampf gegen Ipnor, um Veykhoria von seiner Tyrannei zu befreien.

Der Kampf

Die Luft vibrierte vor Spannung und Erwartung, als Samia und ihre Gruppe, gestärkt durch die befreiten schwarzen Drachen, sich Ipnors Festung näherten. Die einstige Bastion der Unterdrückung würde bald Zeuge ihrer entschlossenen Rebellion sein.

«Bereit?», fragte William, der in seiner imposanten Wolfsdrachengestalt an Samias Seite stand. Seine Augen funkelten vor Kampfgeist.

«Mehr als das», erwiderte Samia entschlossen, ihre Augen fest auf das bedrohliche Bauwerk gerichtet. «Lasst uns Veykhoria befreien.»

Während sie vorrückten, nutzte Samia ihre Kräfte als Wahrheits- und Pflanzenhexe. Sie konzentrierte sich und enthüllte verborgene Fallen, die sich unter der Erde verbargen. Gleichzeitig ließ sie Pflanzen rasant wachsen. Winzige Blumenknospen, die im gefrorenen Boden übersehen wurden, entfalteten sich plötzlich zu riesigen, dornigen Gebilden. Sie bildeten natürliche Barrieren und umschlangen die Beine der Feinde, was diese ins Stolpern brachte.
William, in der Luft kreisend, spie mächtige Feuerstrahlen auf die Gegner, die von Samias magischen Attacken umzingelt

waren. Sie kämpften perfekt abgestimmt, als wären sie ein einziger, mächtiger Organismus. Arkton und Werian, die Brüder, agierten im Kampf wie eine gut geölte Maschine. Sie bewegten sich synchron, wobei Arkton mit seinem fast weißen Fell und Werian mit seinem tiefschwarzen Fell einen auffallenden Kontrast bildeten. Ihre koordinierten Angriffe waren ein Tanz des Todes für ihre Gegner.

Maruk nutzte seine beeindruckende Statur von knapp zwei Metern, um über die Reihen der Feinde zu blicken und strategische Vorteile zu erlangen. Seine mächtigen Faustschläge und Tritte waren entscheidend, um die Feinde zurückzudrängen.

Während sie gerade ein Schutz-
schild um Arkton und Werian
wirkte, hörte sie Selmon auf-
jaulen.

Ein feindlicher Soldat hatte ihn
unerwartet getroffen. Blut färbte
sein dunkles Fell, als er zu Boden
sank.

«Selmon, nein!»

Samia eilte sofort zu ihm. Sie
legte ihre Hände auf seine
Wunde und konzentrierte sich.
Ihr Gesicht war von Anstren-
gung gezeichnet, als ihre Hände
in einem warmen, goldenen Licht
zu leuchten begannen. Unter
ihren Berührungen begann die
Wunde sich zu schließen, die
Blutung wurde gestillt. Selmon
öffnete die Augen, ein Ausdruck
des Staunens auf seinem Gesicht.

Inzwischen hatten sich die schwarzen Drachen, befreit von Ipnors Kontrolle, mit unvergleichlicher Wut in den Kampf gestürzt. Ihre Feuerbälle regneten auf die Feinde nieder, jeder Einschlag eine explosive Eruption der Kraft.

Samia setzte ihre Pflanzenmagie fort, ließ Ranken und Wurzeln aus dem Boden schießen, die sich wie Schlangen um ihre Gegner wanden. Ihre Gegner waren geblendet und verwirrt von der Macht der Natur, die sich gegen sie erhob.

Die Schlacht erreichte ihren Höhepunkt, als Ipnor selbst auf das Schlachtfeld trat, umgeben von einer dunklen Aura der Macht. Samia spürte, wie die Luft um sie herum kälter wurde.

«Jetzt!», rief sie. William, immer noch in seiner Drachengestalt, stürzte sich auf Ipnor, während Samia ihre gesamte magische Kraft bündelte.

Ein leuchtender Strahl schoss aus Samias Händen, verstärkt durch die Energie des Anhängers, und traf Ipnor direkt. Der Tyrann schrie auf, als seine dunkle Magie anfing zu schwinden.

Die schwarzen Drachen kreisten über ihm, bereit, ihr Urteil zu fällen.

Mit einem letzten Aufschrei der Verzweiflung wurde Ipnor von der kombinierten Kraft von Samia, William und den Drachen besiegt.

«Wir haben es geschafft», sagte Samia, erschöpft, aber überglücklich. William, zurück in seiner menschlichen Form, legte seinen Arm um sie. «Ja, wir haben es geschafft. Gemeinsam.»

Um sie herum jubelten ihre Gefährten und die befreiten schwarzen Drachen stiegen in den Himmel auf, ihre Flügel glänzten im Sonnenlicht. Veykhoria war endlich frei.

Die Festung, die einst ein Symbol der Angst und Unterdrückung war, war nun ein Ort der Freude und des Feierns.

Inmitten der jubelnden Menge fand Samia endlich das, was ihr Herz am meisten begehrte: Lori und Granpa, lebendig und wohlbehalten.

«Lori! Granpa!», rief Samia und eilte auf sie zu. Tränen der Freude liefen ihr über die Wangen, als sie ihre Arme um ihre geliebte Tante und Williams mutigen Großvater schlang.

«Aber wie...», sie schaute zu Granpa, der auflachte.

«Du glaubst doch nicht, dass ich mich ohne Magie gegen eine kommende Armee gestellt habe? Ich hatte ebenfalls ein magisches Artefakt. Damit konnte ich mich weit weg teleportieren und gleichzeitig Ipnor und seine Leute auf die falsche Fährte locken. Sie dachten, ich hätte sie zur Eiswüste und der Untergrundstadt gelockt.

Leider ist mein Artefakt mit seinem Einsatz zerstört worden, sodass sie mich dann doch noch gefangen nehmen konnten.

Gerade, als sie mit der Folter beginnen wollten, um herauszufinden, wo ihr euch befindet, zerbrach das rote Juwel, das er an einer Kette bei sich trug. Die schwarzen Drachen flogen einfach davon.

Ihr hättet Ipnors Gesicht sehen sollen!»

«Samia, mein Kind, wir sind so stolz auf dich», sagte Lori, ihre Augen glänzten vor Freude.

«Ich dachte, ich hätte euch für immer verloren», schluchzte Samia.

«Es hätte nicht viel gefehlt», gab Granpa zu. «Aber deine Tante hier hat auch noch so einige Tricks auf Lager.»

William kam angerannt und umarmte seinen Großvater ebenfalls.

Lori lächelte ihnen zu und blickte zu einer Gestalt, die sich ihnen näherte – ein stattlicher Zentaure, eine beeindruckende Kreatur, halb Mensch, halb Pferd.

«Darf ich vorstellen? Das ist Corin, mein Lebensgefährte.»

Samia sah zu Corin auf, dessen Augen voller Liebe und Stolz auf Lori waren.

«Das erklärt, warum du immer wieder nach Veykhoria zurückgekehrt bist», sagte Samia, ein Lächeln breitete sich auf ihrem Gesicht aus.

«Ja», erwiderte Lori. «Aber es war nicht nur wegen Corin. Ich wollte auch sicherstellen, dass es sicher für dich ist, diese Welt zu betreten. Ich wusste, dass du eines Tages Ipnor vom Thron stoßen würdest.»

Samia nahm Loris Hand. «Du hast an mich geglaubt, selbst als noch nichts von alledem wusste.»

«Du bist für Großes bestimmt, Samia. Das war mir schon immer klar», sagte Lori.

«Und du, William», wandte sie sich an ihn, «hast an ihrer Seite Großes vollbracht.»

William nickte bescheiden.

«Es war unsere gemeinsame Stärke, die uns hierhergeführt hat.»

Die Gruppe stand zusammen, vereint durch die Bande der Familie und Freundschaft, gestärkt durch die Liebe und das gemeinsame Ziel, das sie erreicht hatten.

«Was nun?», fragte Samia, ihr Blick über die befreite Landschaft Veykhorias schweifend.

«Jetzt beginnt eine neue Ära», sagte Granpa. «Eine Ära des Friedens und der Freiheit für Veykhoria.»

Samia lächelte und blickte in eine Zukunft, die so hell war wie das grüne Licht, das den Himmel über der neuen Welt von Veykhoria erleuchtete.

In diesem Moment des Triumphes und der Hoffnung erinnerte sich Samia an die, die nicht mehr bei ihnen waren – die, deren Leben im Kampf gegen das Unrecht geopfert worden waren.

Mit einer Mischung aus Wehmut und Dankbarkeit wandte sie sich an William: «Bevor wir gehen, sollten wir denen gedenken, die gefallen sind. Ihre Erinnerung verdient es, geehrt zu werden.»

William verstand sofort und nickte.

«Du hast recht. Lasst uns zu den Eishändlern zurückkehren und ihnen unseren Respekt erweisen. Sie waren Ipnors letzte Opfer.»

Auf Williams Rücken, der sich in seine mächtige Wolfsdrachengestalt verwandelte, flog Samia zurück zur Eiswüste. Die anderen Drachen, die nun freie Wesen waren, trugen ebenfalls Reiter mit sich.

Sie alle waren vereint in der Absicht, den Eishändlern, die in dem sinnlosen Konflikt ihr Leben gelassen hatten, die letzte Ehre zu erweisen.

Als sie das zerstörte Lager erreichten, breitete sich eine ehrfürchtige Stille aus. Gemeinsam richteten sie eine Gedenkstätte ein, ein Ort des Friedens und der Erinnerung inmitten der rauen

Landschaft der Eiswüste. Samia nutzte ihre Magie, um aus dem gefrorenen Boden Blumen erblühen zu lassen – ein letztes, farbenfrohes Lebewohl für die Gefallenen.

In einer bewegenden Zeremonie sprachen sie Worte des Dankes.

Jeder erloschene Lebensfunke wurde durch eine Flamme symbolisiert, die im eisigen Wind flackerte und in den Himmel aufstieg, als Zeichen dafür, dass ihre Seelen nun Frieden finden mögen.

Sie flogen weiter zur Zuflucht, die nun kein Versteck mehr sein musste.

Belana, die nun wieder jünger aussah, Ranjo, und die anderen erwarteten sie bereits.

Mit großem Jubel wurden sie empfangen.

«Ich habe es gespürt, als die Macht meines Vaters geendet hat. Wie es scheint, ist ein Teil davon auf mich übergegangen und hat mir meine Kraft und meine Jugend zurückgegeben», sagte Belana, während sie ihre Cousine umarmte.

William behielt seine Drachengestalt bei, damit die Kinder aus der Zuflucht ihn anfassen konnten. Lachend stand Samia daneben.

«Wie sieht es aus», fragte sie, «wer möchte mal auf einem Drachen reiten?»

Die schwarzen Drachen flogen mit den Kindern durch die Gegend und auch die Erwach-

senen hatten ein glückliches
Leuchten in ihren Augen.
Veykhoria war frei.
Sie alle waren frei.
Die Tyrannei war vorüber.

Epilog

William und Samia nahmen Abschied von den anderen.

«Wir haben noch ein paar Dinge in der anderen Welt zu klären. Aber wir werden wiederkommen. Jetzt, da Ipnors Macht zerstört ist, kann jederzeit das Portal durchritten werden. Ihr seid herzlich willkommen, uns zu besuchen. Doch wir werden so oder so bald wiederkommen.»

Samia umarmte Belana und auch die kleine Lilia ließ es sich nicht nehmen, Samia fest zu drücken. Sie küsste sie auf die Wange.

«Danke, dass du meinen Papa heil zurückgebracht hast, Weichohr», sagte sie.

Mit roten Wangen grinste Samia die Kleine an.

Arkton und Werian nahmen sie beide gemeinsam in die Arme. Als dann auch Selmon dazukam, schlossen sich William und Maruk der großen Umarmung an.

Dann machten sie sich auf den Weg. Lori berichtete von anderen, die in die Menschenwelt geflüchtet waren.

«Ipnor konnte sie nicht alle erwischen. Viele sind geflohen. Es lag jedoch ein Zauber auf uns, wir konnten weder Kontakt zueinander aufnehmen noch anderen die Wahrheit erzählen. Dieser Zauber war auch verantwortlich für den Mist, den ich dir über Veykhoria erzählt habe. Sobald wir das Portal das erste Mal gemeinsam durchschritten hätten, wollte ich dir endlich die Wahrheit erzählen. Aber die weißt du ja jetzt besser als jeder andere.»

Als Samia und William durch die Tore ihrer Schule traten, war es, als würden sie eine weitere, andere Welt betreten. Eine Welt, die einst so vertraut war und doch jetzt so anders schien.

Tante Lori konnte Samias Fehlen der letzten Monate entschuldigen. Was auch immer sie dem Direktor erzählt hatte, es kamen von Seiten der Lehrer nie Rückfragen. Genauso war es bei William.

Die Flure der Schule, die einst Samias Rückzugsorte in ihrer Einsamkeit und Unsicherheit waren, fühlten sich nun ganz anders an.

Mit jedem Schritt, den sie machte, trug sie die Gewissheit und das Selbstbewusstsein einer Frau, die ihre wahre Stärke gefunden hatte.

Die Mitschüler, die einst an Samia vorbeigegangen waren, ohne sie zu bemerken, drehten sich nun um und flüsterten.

Es war nicht zu übersehen: Samia strahlte eine neue, lebendige Energie aus, die sie unwiderstehlich machte.

William, der einst als Außenseiter galt, schritt nun mit einer Haltung an ihrer Seite, die Respekt und Bewunderung ausstrahlte.

Seine Transformation war ebenso bemerkenswert; der einst zurückgezogene, griesgrämige junge Mann war jetzt eine starke, selbstbewusste Persönlichkeit.

Nach wie vor war er hilfsbereit, hielt anderen die Tür auf und unterstützte die Schwächeren.

Als er auf Brandon traf, begrüßte er diesen mit einem kräftigen Händedruck.

Brandon lächelte strahlend, als er William sah. Er ging seit dem Vorfall damals ins Fitness-Studio und konnte sich nun selbst gut verteidigen. Anstelle einer Brille trug er nun Kontaktlinsen. Er hatte die Hilfsbereitschaft Williams übernommen und setzte sich nun ebenso für die Schwächeren ein.

Gemeinsam bewegten sich Samia und William durch die Schule,

ein unzertrennliches Team, das die Blicke auf sich zog.

Sie hatten nicht mehr viel Zeit bis zum Schulabschluss und lernten viel, damit sie das Verlorene aufholen konnten. Zum Glück bestand der meiste verpasste Stoff aus Wiederholungen.

Durch die gemeinsamen Lernstunden glänzten Samia und William in ihren Klassen, unterstützten einander und inspirierten ihre Mitschüler.

An einem sonnigen Nachmittag, kurz vor dem Schulabschluss, traf Samia ihre alte Freundin Lucy in der Schulkantine. Lucy, die Samias Wandlung mit Erstaunen beobachtet hatte, kam lächelnd auf sie zu.

«Samia! Du siehst so… anders aus. So glücklich und selbstbewusst», sagte Lucy, ihre Augen leuchteten vor Freude.

Samia lächelte zurück. «Danke, Lucy. Es ist viel passiert.»

«Ich habe das Gefühl, ich sehe dich jetzt zum ersten Mal richtig», gab Lucy zu. «Es ist, als ob du eine ganze neue Person geworden bist. Du bist so viel strahlender und reflektierter als noch vor deiner schlechten Phase.»

«In gewisser Weise bin ich das auch», antwortete Samia. «Ich habe viel über mich selbst gelernt. Über meine Stärken und darüber, was ich wirklich im Leben will.»

Lucy nickte verständnisvoll.

«Ich bin so froh, dass es dir gut geht. Wir haben uns Sorgen gemacht, weißt du?»

«Ich weiß, und das tut mir leid»,
sagte Samia. «Aber jetzt bin ich
zurück, und zwar stärker als je
zuvor.»

«Und William?», fragte Lucy
neugierig. «Ihr scheint neuer-
dings unzertrennlich zu sein.»
Samia blickte zu William hinü-
ber, der am anderen Ende der
Kantine stand. «William hat eine
große Rolle in allem gespielt. Er
ist… etwas Besonderes.»

«Das sieht man», erwiderte Lucy
lächelnd. «Ihr beide strahlt so
eine starke Verbundenheit aus.
Es ist schön, das zu sehen.»

«Danke, Lucy. Das bedeutet mir
viel», sagte Samia. «Und bald,
nach unserem Abschluss, werden
wir zusammen nach Veykhoria
zurückkehren.»

«Veykhoria?», wiederholte Lucy, verwirrt.

Samia lächelte geheimnisvoll.

«Ein Ort, der für uns wie ein zweites Zuhause geworden ist.»

Lucy umarmte Samia.

«Da warst du wohl in den letzten Monaten? Na, egal, wohin es dich führt, Hauptsache, es geht dir wieder gut», sagte Lucy lächelnd.

«Hast du eigentlich schon gehört, was mit dem Tierheim passiert ist? Jemand hat alle Tiere gekauft! Unglaublich! Es wurde zwar nicht geschlossen, weil man Tiere von weiter weg aufnehmen wird, aber es ist jetzt wesentlich entspannter, dort zu arbeiten.»

«Was? Das ist ja wirklich nicht zu fassen! Da hat aber jemand mit viel Geld Tiere ganz schön gern.

Hoffentlich haben sie ein schönes Zuhause bekommen», Samia grinste und tat überrascht, obwohl sie genau wusste, was los war.

Immerhin hatte Ipnor im Schloss jede Menge Schätze gebunkert. Was nicht für den Wiederaufbau Veykhorias verwendet wurde, konnte man doch auch hier für Gutes verwenden! Und die Tiere würden in Veykhoria ein gutes und glückliches Leben haben.

«Das ist eine wunderschöne Kette», sagte Lucy.

Samia hatte unbewusst mit dem Anhänger gespielt.

«Ja, sie ist wirklich wunderschön», antwortete sie lächelnd.

Der Tag ihrer Abschlussfeier war ein besonderer Moment. Als sie ihre Diplome entgegennahmen, wussten sie, dass dies das Ende eines Kapitels und der Beginn eines neuen Abenteuers war.

Nach der Abschlussfeier, als die letzten Strahlen der untergehenden Sonne den Himmel in ein warmes Orange tauchten, standen Samia und William allein auf dem Schulhof. Um sie herum war es still geworden, die anderen Schüler hatten das Gelände bereits verlassen.

Sie blickten einander tief in die Augen.

«Bist du bereit, nach Hause zurückzukehren?», fragte Samia.

William nickte.

«Ja, nach Veykhoria, unserem wahren Zuhause.»

«Ist es nicht unglaublich, dass Tante Lori auf der ganzen Welt so viele Veykhorianer finden konnte? Sie konnten sich alle plötzlich erinnern und dank Loris Hilfe konnten sie alle zurück. Es sollen noch viele Hexen und Mischwesen unter ihnen sein», sagte Lori glücklich. William nickte.

«Ipnor hat seine eigene Macht überschätzt. Er war wahnsinnig. Ein Glück, dass wir seinen Rausch beenden konnten.»

Sie hielten sich an den Händen, bereit für ihre Rückkehr in die Welt, die sie so sehr verändert hatte.

William stand vor Samia, seine Augen spiegelten das sanfte Licht der Dämmerung wider.

«Samia», sagte er leise, seine Stimme voller Zärtlichkeit, «ich möchte dir etwas sagen.»

Samia blickte auf und sah die tiefe Aufrichtigkeit in seinen Augen. Sie spürte, wie ihr Herz schneller schlug.

«Was meinst du, William?», fragte sie, obwohl sie schon eine Ahnung hatte.

William trat näher, seine Hand fand sanft ihren Nacken, und er zog sie behutsam zu sich heran.

«Das hier», flüsterte er, kurz bevor sich ihre Lippen trafen.

Der Kuss war sanft und zögernd, ein zartes Erkunden, das sich schnell in eine tiefere Leidenschaft verwandelte.

Die Welt um sie herum schien zu verschwinden, und es gab nur noch sie beide, vereint in diesem Moment.

Als sie sich schließlich voneinander lösten, sahen sie einander an, und in diesem Blick lag ein Versprechen, ein tiefes Verständnis, das nur sie teilten.

«Ich liebe dich, Samia», sagte William leise, als ob er die Worte zum ersten Mal wirklich fühlte.

«Ich liebe dich auch, William», antwortete Samia, ihre Stimme erfüllt von der Gewissheit ihrer Gefühle. «Und ich freue mich darauf, mit dir nach Veykhoria zurückzukehren.»

Hand in Hand verließen sie die Schule. Sie wussten, dass sie in Veykhoria nicht nur ein neues Abenteuer, sondern auch ein neues Leben erwartete – ein

Leben, das sie gemeinsam meistern würden.
Ranjo war dabei natürlich immer an ihrer Seite.